DIETRICH BÄCHLER, geboren in München, studierte Rechtswissenschaften in Tübingen und München. Von 1959 bis 1994 war er im Bayerischen Wissenschafts- und Kunstministerium tätig, zehn Jahre als Leiter der Universitätsabteilung, zuletzt als Leiter der Kunstabteilung. Nach seiner Pensionierung arbeitete er in der Direktion des Germanischen Nationalmuseums in Nürnberg. Von Dietrich Bächler sind außerdem lieferbar: »Der beamtete Korse«, satirischer Roman (2000); »Anschlag auf Goethe«, Roman (2000); »Der Überflieger«, Roman (2003); »Ruhestand«, Roman (Allitera 2004); »Engelsbotschaft«, Erzählungen (Allitera 2005); »Reden wir nicht über Philipp. Zwiegespräche« (Buch&media 2007) und »Scheidungskinder« (Buch&media 2008).

# Dietrich Bächler

# Der achtzigste Geburtstag

Erzählungen

Weitere Informationen über den Verlag und sein Programm unter
www.buchmedia.de

Februar 2012
© 2012 Buch&media GmbH, München
Umschlaggestaltung: Kay Fretwurst, Freienbrink
Herstellung: Books on Demand GmbH, Norderstedt
Printed in Germany · ISBN 978-3-86520-433-2

# Inhalt

Der achtzigste Geburtstag . . . . . . . . . . . . .  7

Ernteeinsatz . . . . . . . . . . . . . . . . . . . . . . .  37

Die Gräfin . . . . . . . . . . . . . . . . . . . . . . . . .  48

Der Kriegsgerichtsrat . . . . . . . . . . . . . . . .  68

Karl im Glück . . . . . . . . . . . . . . . . . . . . . .  81

# Der achtzigste Geburtstag

I

Eigentlich wollte er nicht feiern. Was gab es schon zu jubeln? Den Eintritt ins Greisenalter? Nichts als Unannehmlichkeiten und das Problem, wie man sich mit Anstand und ohne unerträgliche Molesten aus dem Leben schleicht.

Überall sah er die Zeichen des Verfalls, als wären sie über Nacht gekommen. Dabei hatten sie sich seit Jahren vorgearbeitet, nur nicht in seinem Bewusstsein. Jetzt standen sie im Licht, grell und unbarmherzig.

Sein Hals, zum Beispiel. Immer hatte er sich prall gebläht, Kragenweite 43. Jetzt hingen zwei Lappen vom Kinn zum Adamsapfel, als hätte man vergessen, sie stramm zu ziehen. Der Hals eines gerupften Huhns, dachte er. Auch am übrigen Körper entging ihm das Gerunzel nicht mehr, in der Armbeuge, am Bizeps, an den Knien. Immerhin, Runzeln schmerzen nicht.

Der Schmerz saß im rechten Hüftgelenk. Hatte er sich hingesetzt, wollte er nicht mehr aufstehen. Seine Frau sagte, er sei träge geworden. Er aber scheute den Schmerz. Stand er auf, stach der Schmerz in die Hüftmuskeln. Vorsichtig und leicht gebückt, begann er, sich zu bewegen, bis der Schmerz nachließ.

Ständig muss sich der Mensch bücken, besonders am frühen Morgen. Am schlimmsten sind die Socken. Sie kommen nur an die Füße, wenn man die Hüfte quetscht, als wollte man sie auspressen. Das braucht Zeit, damit man sich an den Schmerz gewöhnen kann. Gerade dann rief seine Frau, ob er nicht endlich im Bad fertig sei. Das ärgerte ihn.

Seine Frau meinte, um eine Geburtstagsfeier komme er nicht herum. Er müsse ja nicht die Freunde einladen. »Die meisten sind ohnehin gestorben, und von lauter Witwen umringt, das will ich dir nicht zumuten. Deine Familie aber kannst du nicht enttäuschen. Deine Kinder, deine Enkel wollen dich feiern.«

»Du meinst, sie wollen sich auf meine Kosten amüsieren. Fünf-Sterne-Hotel mit Fünf-Gänge-Menü und so!«

»Das auch. Sollen sie ihren Opa als Pfennigfuchser in Erinnerung behalten? Vor allem aber wollen sie dir zeigen, dass sie dich mögen. Heiner bastelt schon an einer Rede auf dich. Immer wieder ruft er mich an, um gemeinsame Erlebnisse aus seiner Kindheit aufzufrischen. Und Sophie trainiert mit den Kindern das Musikprogramm. Geige, Flöte, Cello und Klavier. Du wirst staunen!«

»Die armen Kinder! Jetzt werden sie wieder vorgeführt wie die dressierten Affen. Ich erinnere mich mit Grausen an meine kindlichen Klavierauftritte. Immer musste ich vorspielen. Vor Mamas Damenkränzchen, bei Tante Gustes siebzigstem Geburtstag, zur goldenen Hochzeit von Opa Mops und Oma Mielchen. Vornehmlich aus den Kinderszenen von Robert Schumann. ›Glückes genug‹ oder ›Der Dichter spricht‹ oder bei Tante Guste die ›Träumerei‹, weil sie etwas fürs Gemüt wollte. Immer hatte ich Herzklopfen, einen pelzigen Hitzkopf, vermehrten Harndrang und feuchte Finger. Warum, zum Teufel, sollen meine Enkel dasselbe erleiden, nur, weil meine Tochter angeben will, wie gut sie sie dressiert hat?«

»Du siehst das völlig falsch! Deine Enkel sind nicht mehr so gehemmt, wie du warst. Die kriegen keine nassen Finger und roten Köpfe. Die musizieren darauf los, frisch und frei, auch wenn sie Fehler machen, und haben Spaß dabei.«

»Das glaubst auch nur du, weil dir die Sophie dergleichen vorflunkert. Das entspricht der herrschenden Ideologie. Die Affen müssen Spaß haben an ihrer Dressur! Alles macht Spaß, das ganze Leben und der Tod noch dazu, wenn man diesen Idioten glaubt.

Aber ich seh' schon, ohne Feier komme ich nicht über die Achtzig. Ihr habt doch eh schon alles über meinen Kopf hinweg bestimmt. Also, macht was ihr wollt. Ich lass' mich am Nasenring hinführen, zahl' auch die Rechnung. Aber das Ganze organisieren, mit Hotel, Menü und Tralala, das müsst ihr allein. Und alles bleibt innerhalb der Familie, das ist Bedingung! Du und ich, unsere beiden Kinder mit ihren Partnern und unsere drei Enkel, und niemand sonst, auch keine Schwager oder Schwägerinnen, Cousins oder Cousinen oder sonst wie Versipptes!«

Seine Frau stimmte eilends zu, küsste ihn auch begütigend auf die gerunzelte Stirn.

Dennoch war er missgestimmt, weil er nachgegeben hatte. »Ich muss mich auslaufen«, brummte er. Seine Frau wusste, jetzt wollte er alleine gehen, seinen Standardspaziergang, rund um den kleinen Parkfriedhof, der wenige hundert Meter oberhalb ihres Hauses lag.

Seit Jahren umkreiste er diesen Friedhof, hatte jedoch sorgfältig vermieden, ihn zu betreten. Seit diesem Jahr ging er des Öfteren mitten hindurch, allerdings nur, wenn er allein war. Als Achtziger muss ich mich an diese Umgebung gewöhnen, sagte er sich, um den Gedanken gleich wieder zu verwerfen, denn die Gewöhnung würde ihm wohl nichts nützen, wenn man ihn im Sarg hineintrug. Trotzdem hielt er Ausschau nach einem geeigneten Platz für seine letzte Ruhestätte, hatte auch ein freies Wiesenstück zwischen zwei Tannen ausgemacht, das ihm gefiel, behielt aber diese Vorliebe für sich. Ja, er schalt sich sogar, am hellen Tag sentimental zu träumen. Nüchtern betrachtet musste es ihm doch egal sein, wo seine leblosen Überreste verwahrt wurden. Grabmäler, dachte er, sind nichts als Eitelkeiten, die den Tod überdauern. Dabei sollte man seine Eitelkeiten längst vorher abgelegt haben.

Mit seiner Frau sprach er nie über seine Friedhofsgedanken. Er wusste, sie würde sie nicht mögen. »Das sind diese Wehleidigkeiten der Männer«, sagte sie. »Den Tod erlebt man, wenn er kommt. Solange man lebt, soll man das Leben erleben.«

Vielleicht können Frauen das besser, ganz im Augenblick leben. Er musste immer vorausschauen, was sein wird. Erst jetzt, im Alter, erkannte er, wie wenig Mann und Frau übereinstimmen. Früher hatte die Sexualität alle Fremdheit übersprungen, hatte zur Einheit verschmolzen, was sich fremd war. Jetzt lebten sie vom Wiederschein dieser Zeit, von Zärtlichkeiten und der Erinnerung, was einer im andern erblickt hatte. Das reichte nicht aus, um das Anderssein auszulöschen. Er entdeckte Gedankengänge seiner Frau, denen er nicht folgen konnte, so, als sähe sie die Welt durch andere Gläser. Mit einer Hartnäckigkeit beharrte sie auf ihrer Sicht, die Abweichendes ausschloss. Vielleicht war das ja auch richtig für ihr weibliches Auge, dachte er. Aber er konnte seines nicht ausreißen, und so schwieg er, nach einigem Hin und Her, was sie wiederum als männlichen Hochmut empfand.

Sie meinte, er sei kritisch geworden gegenüber ihrer Art, das Leben anzugehen, seitdem er keine Aufgabe mehr zu bewältigen habe. Damit rührte sie an eine Wunde, die sich für ihn nicht schließen würde, solange er lebte. Als Abteilungsdirektor in einem chemischen Unternehmen hatte er sich mit sechzig noch weiteren Aufstieg erhofft, stattdessen aber die Kündigung erhalten. Materiell war er durch eine ausreichende Betriebsrente, eine großzügige Abfindung und gut angelegte Ersparnisse gesichert. Aber seit zwanzig Jahren stellte sich für ihn täglich die Frage, wie er fünfzehn Stunden von 8 Uhr morgens bis 23 Uhr abends mit sinnvoller Tätigkeit füllen sollte.

Reisen war eine Lösung für drei bis vier Wochen im Jahr. Zeitungen und die Nachrichten im Fernsehen boten Stoff für zwei bis drei Stunden. Der Garten brauchte seine Kräfte nur im Sommer, und das bei gutem Wetter. Bergwanderungen wurden immer kürzer, weil das entspannte Wohlgefühl früherer Zeiten sich nicht mehr einstellte, sein schwerer Atem ihn behinderte.

Mit dem Klavierspielen hatte er es wieder versucht. Mozart entsprach seinem Lebensgefühl am besten. Alle alt gewordenen Musikliebhaber kehren bei Mozart ein. Wie aber die Läufe schwerelos perlen lassen, wenn die Finger störrisch und steif geworden sind?

Lesen konnte er abends für einige Stunden, wenn die Leselampe das Licht auf ein Buch konzentrierte, und die Geräusche geschäftigen Lebens nicht mehr ablenkten. Früher hatte er Fontane und Thomas Mann gelesen. Fast jede Seite hatte ihn betroffen gemacht. Entweder war es der Rhythmus der Sprache, der seinem eigenen entsprach, oder er stieß auf

Gedanken, auf inneres Erleben, das er wiedererkannte. Jetzt versuchte er es mit jungen Autoren, die die Feuilletonisten bejubelten. Aber ihr Sprachrhythmus war nicht der seine, und ihre Gedanken und Erlebnisse betrafen ihn nicht.

So tat er sich schwer, morgens einen Grund zu finden, um aufzustehen. Da half es auch nicht, dass er penibel in einem Tagebuch festhielt, was sich ereignet hatte. Denn es war oft nicht mehr zu vermelden, als dass er auf dem Markt mit seiner Frau Kartoffeln eingekauft hatte.

Seine Frau litt nicht unter einem Pensionierungsschock. Er hatte sie vor achtundvierzig Jahren in seiner Arbeitsstätte, einem chemischen Werk, kennengelernt, wo sie als kaufmännische Angestellte arbeitete. Als sie ein Paar wurden, erwartete der Arbeitgeber, dass die Frau ausschied. Sie tat es ohne Kummer, da ihr der Beruf nur Broterwerb bedeutete, und sie sich auf ihr erstes Kind freute. So wurde sie Hausfrau und Mutter und blieb es über all die Jahre. Sie war damit nicht unzufrieden, zumal die Erziehung der beiden Kinder und die Verpflichtungen eines gastfreundlichen Hauses sie in ihren Fähigkeiten weit mehr forderten als der Verkauf von Chemikalien. Was sie zuweilen ärgerte, war die Geringschätzung, mit der berufstätige Frauen ihr begegneten, wenn sie sich als Hausfrau auswies. Dann brachte sie schlechte Stimmung nach Hause und forderte, ihr Mann und ihre Kinder müssten endlich anerkennen, was sie an kräftezehrendem Einsatz täglich für sie leistete.

Eine kurze Krise brachte der Auszug der Kinder aus dem Haus. Plötzlich war nur noch der Mann zu betreuen, was weder das Gemüt, noch die Zeit ganz ausfüllte. Da die Tochter aber früh heiratete, und in rascher Folge zwei Enkel gebar, konnte das Mütterliche bald im Großmütterlichen wiedergewonnen werden. Von Ruhestand war also bei ihr keine Rede.

Er jedoch konnte sich an den Geschäften seiner Frau kaum beteiligen. Über vierzig Jahre hausfraulicher Erfahrung waren nicht aufzuholen. Nur untergeordnete Hilfsdienste blieben für ihn übrig. Brötchen holen, Kaffee in der Maschine kochen, Zwetschgen entkernen, Parmesankäse reiben, Müsli zubereiten, tropfende Hähne dichten und Ähnliches. Lob erntete er damit nicht, allenfalls die Bemerkung, dass er sich ungeschickt anstelle, was ihm in der chemischen Industrie nie jemand gesagt hatte.

Solange sich der Umgang mit den Enkeln auf Nahrungszufuhr und -entsorgung mit begleitender Liebkosung konzentrierte, war er gegenüber der großmütterlichen Routine auch hier im Nachteil, obgleich er als geduldiger Fläschchengeber, der nie zu rascherer Saugarbeit drängte, zuweilen gefragt war. Schlief der Säugling ein, bevor er das Fläschchen leergetrunken hatte, weil die breite Brust des Opas allzu viel Ruhe verströmte, musste er wieder Kritik einstecken.

Die Enkel nahmen zu an körperlichen und geistigen Fähigkeiten, und damit gewann auch der Opa an Anziehungskraft. Zunächst war es die männliche Aufgeschlossenheit für Albernheiten aller Art, die ihn von weiblichem Lebensernst abhob. So konnte er ausdauernd mit den Ohren wackeln, die Backe mit dem Zeigefinger knallend schnalzen lassen, oder mit zwei Fingern im Mund schrille Pfiffe von sich geben. Auch als Vorleser war er mit der dramatischen Ausdruckskraft seiner dröhnenden Bassstimme bald gefragt. Himpelchen, den Heinzelmann, und Pimpelchen, den Zwerg, ließ er den Berg erklimmen, und bettete sie dort zu süßer Ruh. Gespannt warteten die Enkel auf die Schnarchtöne, die der Opa dann auch originalgetreu und in keineswegs zwergenhafter Lautstärke wiedergab, was den beiden Buben, Klaus und Michael, immer aufs Neue Lachsalven entlockte.

Als die Knaben in die Grundschule einrückten, war der Opa als Nachhilfelehrer tauglich, da er die vier Grundrechenarten noch beherrschte, wusste, was ein Nomen, ein Verb, ein Adjektiv und ein Pronomen ist, und sich völlig ungerührt zeigte, wenn seine Enkel das nicht wussten, während seine Tochter, durch ständigen Nahkampf genervt, zu häufigen Wutausbrüchen neigte.

Eine neue Dimension großväterlicher Gefühle eröffnete die Enkelin Sarah. Sie war ein Geschenk seines Sohnes Heiner, der damit erheblich an Ansehen gewann. Achtunddreißig Jahre hatte er selten Freude bereitet, war widerborstig, lernfaul und unstet in seinem Paarungsverhalten gewesen. Und dann diese Sarah, ein Himmelsgeschenk! Sie entlockte ihrem Vater Sanftmut, Zärtlichkeit, väterliche Fürsorge, ja ungebremsten Fleiß, wenn es galt, ihre Wünsche zu erfüllen. Heiners entsiegelte Liebesfähigkeit kam auch Sarahs Mutter zu Gute, und so entstand eine sonnige Kleinfamilie, nach gut bürgerlichem Vorbild, das Heiner bisher nach Kräften verachtet hatte. Auf diese Weise bürgerlich enthemmt, stieg er mit nachhaltiger Pfiffigkeit in das Geschäft mit Solarzellen ein, und verband so grünes Gewissen mit Handelsgeschick.

Sarah aber verschenkte gewissensfreie Natürlichkeit. Hätte man ihren Opa gefragt, ob er seine männlichen Enkel liebe, hätte er dies uneingeschränkt bejaht. Und doch blieb in ihren Umarmungen ein Rest scheuer Zurückhaltung, als wollten sie betonen, dass sie sich selbst gehörten und nicht dem Opa. Mit Heiners Geschenk, der kleinen Sarah, war das anders. Schon aus der Wiege strahlte sie ihn an, als kenne sie nur ihn und nicht sich selbst. Nahm er sie auf den Arm, verfiel sie nie in strampelnden Widerstand wie ihre Vettern, sondern schmiegte sich an, als hätte sie seine Wünsche intuitiv erfasst.

Zappelnde Ungeduld zeigte sie auch nicht im Vorlesealter. Allenfalls ging ihre gläubige Andacht in friedlichen Schlummer über, wenn es ihr zu viel wurde.

Kinderlieder zu begleiten, gehörte zu Opas Sehnsüchten. Weder Klaus noch Michael zeigten dafür Verständnis. Klaus wollte selbst das Klavier traktieren, hieb laut und atonal in die Tasten, wenn der Opa die zarte Weise von den Sternlein am blauen Himmelszelt intonierte. Und Michael wollte immer ein anderes Lied, plärrte rücksichtslos »Widele, wedele, hinterm Städtele«, während der Opa den Mond aufgehen ließ.

Die Sarah endlich tat, was der Opa ersehnte. »Guten Abend, gute Nacht«, sang sie glockenrein, und der Opa konnte sich in ihrer Begleitung ungehemmt jener Rührseligkeit hingeben, die er bisher im Dienst tapferer Männlichkeit unterdrückt hatte.

## II

Sie kamen in Portionen. Zuerst Opa und Oma. Um sie nicht einseitig an dieser Funktion festzumachen, geben wir ihnen Namen. Theobald und Else, schlage ich vor. Heute nennt niemand seine Kinder so. Man weiß, die sind von gestern.

Theobald und Else, also, setzten sich auf die Terrasse des Hotels, direkt am See gelegen. Sagen wir in Oberbayern. Da geben die Berge eine eindrucksvolle Kulisse, und Theobald kann Erinnerungen an vergangene sportliche Leistungen daran festmachen. »Den haben wir von fünfundzwanzig Jahren bestiegen, weißt du noch? Vier Stunden Aufstieg. Ein heißer Augusttag. Und oben stellten wir fest, dass die Wasserflasche im Rucksack ausgelaufen war. Kein Tropfen zu trinken! Neben uns saß ein junger Bursche auf einem Felsblock und trank einen ganzen Liter aus seiner Flasche. Ich hätte ihn umbringen können, um an das Wasser zu kommen!«

»Erinnere mich nicht an diese Qualen«, fiel Else ein.

»Es klingt, als wärst du auch noch stolz darauf. Dabei hattest du in deiner Gleichgültigkeit die Wasserflasche nicht richtig zugeschraubt, weil es unter deiner Würde war, auf solche Banalitäten zu achten.«

Das war der klassische Auftakt zu einem Ehestreit. Er konnte sich aber nicht entwickeln, weil Heiner mit seiner Frau Helene und Tochter Sarah auftauchte. Sarah, in rosa-weiß kariertem Dirndl, stürzte sich sofort auf ihren Opa und flötete »Happy Birthday«, was der Oma Gelegenheit gab, ihren Ärger auf sie umzuleiten.

»Morgen hat der Opa Geburtstag. Man gratuliert nicht vorher, Sarah! Und wer hat dir denn diesen englischen Quatsch beigebracht? In unserer Familie gratuliert man immer noch auf Deutsch!«

Sarah überging den großmütterlichen Einwand. Sie war sich des großväterlichen Schutzes sicher. Der nahm sie denn auch in die Arme und bemerkte, mit abschätzigem Seitenblick auf seine Frau: »Sarah, du kannst mir gratulieren wie und wann du willst. Ich freu' mich immer!«

Damit war Spannung aufgebaut. Da Theobald unter

Geburtstagsschutz stand, musste die Schwiegertochter herhalten.

»Helene«, bemerkte Else, »du bist heute sportlich leger. Mit deiner jugendlich-schlanken Figur kannst du dir das ja leisten.«

Helene steckte in hellblauen Jeans. Da sie weibliche Fülle zu entwickeln begann, zeichnete sich ihre Kehrseite prall darin ab.

Die Ironie ihrer Schwiegermutter war unverkennbar. Helene lief rot an und stammelte: »Die Jeans waren nur für die Fahrt. Ich werde mich gleich umziehen.«

Heiner tat, als hätte er das Scharmützel zwischen den Frauen nicht bemerkt. Seine Mutter begrüßte er mit respektvoller Freundlichkeit.

Das trug ihm später, im Hotelzimmer, heftige Vorwürfe Helenes ein. »Du hättest mich gegen den niederträchtigen Spott deiner Mutter verteidigen müssen. Aber dazu bist du zu feige!«

»Sollte ich etwa deinen Hintern verteidigen? Das ist doch lächerlich. Über solche Lappalien geht man großzügig hinweg!« Der Streit blieb stehen.

Theobald, Else, Heiner, Helene und Sarah saßen nun gemeinsam auf der Terrasse, tranken Kaffee, und Sarah löffelte an drei Kugeln Eis, Vanille, Erdbeere und Schokolade.

»Jetzt fehlt nur noch Sophie mit ihrer Familie«, sagte Theobald. »Immer kommen sie zu spät. Das liegt an Hubert. Der ist eben langsam. Da kann die Sophie noch so sehr antreiben. Beamte sind langsam. Vielleicht repariert er wieder sein Fahrrad. Immer repariert er an seinem Fahrrad. Das hat siebzehn Gänge. Da muss er ständig die Ketten entwirren.«

»Unsinn!«, warf Else ein. »Was soll er jetzt sein Fahrrad reparieren, wenn sie mit dem Auto kommen. Setz du nicht immer den Hubert runter. Der ist eine Seele von einem Familienvater. Vielleicht ist er nicht der schnellste, aber zuverlässig und verantwortungsbewusst, und Klaus und Michael hilft er beim Lernen, mindestens genauso gut wie du.«

Klaus und Michael kamen vorausgestürmt, wie immer, im Wettlauf. Klaus, der Elfjährige an der Spitze, Michael, der Neunjährige, ihm dicht auf den Fersen. Er hätte Klaus nicht eingeholt, wäre der nicht auf der Terrasse gestolpert. Klaus stolperte immer, wenn es darauf ankam. Das Stolpern liegt ihm in den Genen, behauptete Else und machte Theobalds Schwester dafür verantwortlich, die auch immer gestolpert sei, während Theobald Elses Vater als Stolperer verdächtigte.

Jedenfalls lag Klaus auf der Nase, dicht vor seinem Opa. Michael sprang über ihn hinweg und klopfte dem Opa mit »Hallo« auf die Schulter, seinem Einheitsgruß, den er für jede Tageszeit passend fand.

»Wenigstens heult er jetzt nicht mehr«, bemerkte Else zu dem Unfall. Klaus rappelte sich auf und betrachtete mit melancholischem Blick sein blutendes Knie. Theobald erbarmte sich seiner, inspizierte das Knie ausgiebig und versprach, ein Pflaster aus dem Auto zu holen.

Inzwischen näherte sich das Elternpaar gemessenen Schrittes. Sophie fasste Hubert am rechten Oberarm und versuchte, ihn in einen schnelleren Rhythmus zu drängen, was ihr nicht gelang. Als Einziger unter den anwesenden Herren trug Hubert Krawatte und einen Büroanzug aus grauem Kammgarn in Pfeffer und Salz. Seine Frau hatte er zu Rock und Bluse überredet, einer Bluse, die blumig gemustert war.

Sophie gab sofort zu erkennen, dass sie das Regiment beanspruchte, zumal ihr Vater als Objekt des Geschehens nicht dessen Gestalter sein konnte, und ihr Bruder, bei aller Läuterung, im Familienchor noch immer der Ruf eines unsicheren Kantonisten hatte.

»Den musikalischen Teil«, sagte sie, »habe ich für den heutigen Nachmittag vorgesehen, gewissermaßen zur Einstimmung für den morgigen Geburtstag. Die Kinder haben dann ihren Auftritt hinter sich und können den morgigen Tag unbeschwert genießen. Die Hotelleitung stellt uns einen Seminarraum mit Flügel zur Verfügung, in dem wir ganz unter uns sind. Wir treffen uns dort um 17 Uhr.«

Niemand erhob Einwendungen. Theobald brummelte lediglich: »Muss ich da dabei sein?«, was seine Tochter mit dem Ausruf: »Du Witzbold« quittierte.

Als Theobald Punkt 17 Uhr an der Seite seiner Frau den Seminarraum betrat, saßen die Kinder bereits startbereit an ihren Instrumenten. Sarah drehte eine C-Blockflöte in ihren feuchten Händen, Michael zupfte an seiner Geige und Klaus steckte sein halbes Cello immer wieder in ein anderes Loch der Leiste, die am Stuhlbein befestigt war.

Die Eltern saßen hörbereit auf ihren Stühlen, Heiner und sein Schwager krawattenverschnürt. Theobald sah es mit Genugtuung. Zwei Stühle in der Mitte wurden dem Jubelpaar zugewiesen. Rechts davon saßen Heiner und Helene, links Sophie und Hubert.

Sophie stand noch einmal auf, um die Stücke anzusagen. »Unser Trio spielt drei Menuette aus dem ›Notenbüchlein für Anna Magdalena Bach‹. Ich habe sie für Flöte, Geige und Cello arrangiert. Flöte und Geige teilen sich die Oberstimme. Das Cello übernimmt den Bass.

Anschließend wird uns Klaus auf dem Klavier zwei Stücke

aus dem ›Album für die Jugend‹ von Robert Schumann vortragen. Ihr wisst, er lernt zwei Instrumente.«

Wenigstens nicht aus den »Kinderszenen«, dachte Theobald. Dann bangte er mit den Bach-Menuetten. Wenn er fromm gewesen wäre, hätte er gebetet, es möge gut gehen. Das erste in G-Dur klang sauber. Nur im zweiten Teil griff Sarah ein c, statt dem vorgeschriebenen cis, was Theobald erschreckte und seinen Puls beschleunigte. Das zweite Menuett in G-Moll lief beruhigend gut an. Zwei Doppelgriffe auf dem Cello verursachten kratzende Geräusche, gingen Theobald aber nicht zu Herzen. Beim dritten Menuett, wieder in G-Dur, zogen die drei Instrumente abwechselnd liebliche Bögen, sodass Theobald schon entspannt mitsummen wollte, hätten im zweiten Teil nicht Flöte und Geige das dis haarscharf nebeneinander intoniert. Aber da war ein Ende bereits abzusehen. Theobald klatschte aus Leibeskräften, voller Dankbarkeit, dass so wenig danebengegangen war.

Sophie trat noch einmal vor, um Klaus im Alleingang anzukündigen.

»Klaus spielt zuerst den ›Frühlingsgesang‹ aus der ersten Abteilung des »Albums für die Jugend«, dann ein Stück in F-Dur aus der zweiten Abteilung für Erwachsene, das keinen Titel trägt, nur drei Sterne und den Vermerk ›Nicht schnell, hübsch vorzutragen‹. Klaus wird dieser Aufforderung sicherlich gerecht werden. Übrigens spielt er beide Stücke auswendig.«

Der letzte Satz sollte beiläufig klingen. Sophies Stimme bebte jedoch in mütterlichem Stolz.

Auch das noch, dachte Theobald. Das steigert die Gefahr des Fehlgriffs ins Unermessliche. Mit Sorge sah er, dass Klausens Backen dunkelrot gefleckt waren. Auch rieb der Bub seine Hände ständig gegeneinander. Offenbar waren sie kalt, weil die Angst die Blutzufuhr behinderte.

Nachdem seine Mutter ihm ungeduldig Startzeichen gegeben hatte, begann Klaus den Frühling zu besingen. Er tut es erstaunlich gefühlvoll, dachte Theobald. Vielleicht sind das Vorboten der Pubertät, die Gefühlshormone ausschüttet. Vom Pianissimo mit Hilfe der Verschiebung steigerte er sich im zweiten Teil effektvoll bis zum jubelnden Forte, geriet aber bei der Wiederholung versehentlich wieder in den Jubel, statt den Gesang langsam und leise ausklingen zu lassen. Schließlich fügte er den zweiten Schluss einfach an den ersten an, und die Hörer waren mit dem Ergebnis zufrieden.

Auch Theobalds Herzschlag beruhigte sich, und er entschloss sich zu kräftigem Zwischenbeifall. Wer weiß, dachte er, wie das zweite Stück aus der Erwachsenenabteilung ausgeht.

Klaus stand auf und verneigte sich linkisch. Dann nahm er das Stück mit den drei Sternen in Angriff. Der erste Teil geriet ihm hübsch und leichtfüßig. Auch der Zwischengesang machte ihm keine Schwierigkeiten. Dann aber begann das Anfangsmotiv aufs Neue und hätte in den Schlussteil übergehen sollen. Den aber hatte Klaus plötzlich vergessen. So nahm er erneut Anlauf mit dem Anfangsmotiv, blieb wiederum stecken, versuchte es ein drittes Mal wie ein Grammophon, dessen Nadel nicht aus der Rille kommt, gab urplötzlich auf, warf den Klavierstuhl um und rannte der Türe zu.

Sophie versuchte, ihn einzufangen, schwenkte Schumanns gesammelte Klavierwerke Band I und rief: »Nimm die Noten!« Aber diese Einsicht kam zu spät. Theobald herrschte sie an: »Lass' den Buben« und eilte auf den Gang, wo er seinen Enkel gerade noch vor der WC-Türe stellte, ehe der dahinter verschwinden konnte.

»Alles halb so wild, Klaus«, sagte er betont ruhig, obwohl die Aufregung ihn kurzatmig machte. »Hast dich doch tapfer geschlagen, hast den Frühling gefühlvoll besungen und auch das Drei-Sterne-Stück schwungvoll und doch kultiviert angeschlagen. So ein Blackout des Gedächtnisses, das passiert in der Aufregung, wenn man jung und unerfahren ist. Ist doch Blödsinn, das Auswendigspielen! Zu was gibt es Noten! Und überhaupt das Vorspielen in der Familie! Ich hab' es immer gehasst. Aus den ›Kinderszenen‹ musste ich spielen vor Opa Mops und Oma Mielchen, vor Tante Guste und Mamas Damenkränzchen. Schrecklich!, sage ich dir, einen pelzigen Hitzkopf hatte ich, Herzklopfen und feuchte Finger, und wenn man mir nicht die Noten gelassen hätte, wär' ich mitten in der ›Träumerei‹ stecken geblieben.«

Theobald umarmte seinen Enkel. Der lächelte ihn gequält von unten an und riss sich aus der Umarmung. »Ich muss wirklich, Opa!«, rief er und verschwand hinter der WC-Türe.

Nach dem Abendessen gingen die Kinder noch ins Freie, um Versteck zu spielen. Die Erwachsenen hatten so Gelegenheit, den Nachmittag kritisch zu würdigen. Heiner machte den Anfang.

»Der Klaus wird richtig!«, sagte er. »Wie er den Klavierstuhl umschmiss und abrauschte, das hat mir imponiert. Immer diese Dressurakte mit wehrlosen Kindern! Wer was taugt, lässt sie sich nicht gefallen. Ich musste auch Klavier spielen, bei dieser Josephine Schubert, einer alten Jungfer, die mit dem Schubert Franzl, der über ihrem Klavier hing, nichts gemein hatte, außer dem Namen. ›Heiner‹, sagte sie in jeder Stunde, ›ohne Fleiß kein Preis. Du musst mehr üben, sonst lernen deine Finger nie das Laufen!‹

Mir genügte, dass meine Beine liefen. Sehr schnell sogar fünfzig Meter in acht Sekunden.

Mit vierzehn Jahren kam ich ohne Noten in die Klavierstunde. ›Du hast deine Noten vergessen!‹, sagte Josephine Schubert. ›Ich brauch' keine Noten mehr‹, gab ich zurück. ›Ab sofort hör' ich auf mit dem Klavierspielen. Ich hab' keine Lust mehr‹. ›Und was sagen deine Eltern dazu?‹, fragte Frau Schubert. ›Nichts, weil ich sie nicht gefragt hab'. Ich rühre keine Taste mehr an, und wenn sie sich auf den Kopf stellen.‹ Und so hab' ich's gemacht!«

Sophie hatte ihrem Bruder mit wachsendem Unwillen zugehört. »Dass du faul warst und für unsere Eltern ein Ärgernis, weiß ich«, sagte sie. Und jetzt machst du dich über die Josephine Schubert lustig, weil es dir in Wahrheit leid tut, dass du nicht fleißiger bei ihr gelernt hast. Vor diesem Ende werd' ich den Klaus bewahren und den Michael auch. Und du wirst ihnen die Freude am Musizieren nicht vermiesen, du nicht!«

»Gott bewahre, liebe Sophie, reg' dich ab. Von mir aus können deine Knaben Klavier, Cello und Geige traktieren bis an ihr Lebensende und so die deutsche Innerlichkeit hegen und pflegen. Ich neide sie ihnen nicht!«

Helene zupfte ihren Mann am Jackett. »Übertreib' nicht mit deiner Spottlust und trink' nicht so viel! Du hast schon das vierte Glas. Ich finde, die Kinder haben schön gespielt, und dass den Klaus am Schluss das Gedächtnis im Stich ließ, fällt nicht ins Gewicht.«

Hubert hatte das Gefühl, er müsse sich jetzt ins Gespräch bringen, wollte er in dieser Familie nicht als Randerscheinung gelten.

»Nein«, sagte er, »ein Gedächtnisfehler fällt in diesem Alter nicht ins Gewicht. Aber, wie Klaus damit umging, das ist ganz und gar nicht zu billigen, und ich hab' ihm das auch schon mit Entschiedenheit gesagt. Gute Manieren machen das Zusammenleben unter den Menschen erst erträglich. Die kann man nicht früh genug lernen. Den Stuhl umwerfen, wenn man selbst versagt hat, das sind keine Manieren, und den Raum grußlos verlassen, auch nicht. Klaus hätte sich für seinen Fehler entschuldigen, die Noten von seiner Mutter erbitten, und das Stück vom Blatt zu Ende spielen müssen. Dann hätte er Manieren gezeigt, und ich wäre stolz auf meinen Neffen gewesen. Ohne Manieren kann er's im Leben zu nichts bringen!«

»Jedenfalls nicht zum Oberregierungsrat!« Das war dem Theobald so rausgerutscht, leise zwar, aber doch von allen vernehmbar. Else hatte ihn nicht rechtzeitig auf die Zehen treten können. Aber sie tat es nachträglich umso kräftiger. Theobald ertrug den Schmerz lautlos.

»Es ist spät«, sagte Else. Morgen ist der anstrengende Jubeltag. Wir sollten die Kinder vom Hof holen und ins Bett gehen. Die Familie folgte ihr ohne Murren.

III

Der Morgen war zauberhaft. Die aufgehende Sonne spiegelte sich im See und ließ ihn glitzern. Die wenigen Felsen über den Bergwäldern dräuten nicht, sondern erröteten freundlich.

Theobald und Else waren früh aufgestanden. Sie wollten ihren Kindern und Enkeln zuvorkommen, den Tag alleine beginnen. Auf der Terrasse setzten sie sich an einen kleinen Tisch. Trotzdem fragte der Ober, ob sie mit dem Frühstück auf die übrige Familie warten wollten. »Wir warten nicht!«, gab Theobald knurrig zurück.

»Ich brauche dringend meinen Kaffee«, bemerkte Else, als der Ober gegangen war, »ich hatte eine miserable Nacht. Stundenlang konnte ich nicht einschlafen neben dir. Ich möchte nicht behaupten, dass du geschnarcht hast. Das traust du dich denn doch nicht. Aber du hast geschnurgelt, heimtückisch und durchdringend geschnurgelt. Nur von Zeit zu Zeit sank das Geräusch in den Rachen und explodierte dort, als wolltest du wie ein Raubtier zuschnappen. Dann wiederum begannst du zu murmeln, nicht um dich zu entschuldigen, eher um anzuklagen, um jemand zu beschimpfen. Schließlich gingst du wieder in das friedliche Schnurgeln über, laut genug, um mich am Einschlafen zu hindern.«

»Das tut mir herzlich leid«, sagte Theobald. »Ich will mich auch nicht vor Verantwortung drücken. Aber was ich im Schlaf tue, kann man mir schwerlich vorwerfen. Das unterliegt nicht meinem Willen.«

»Das ist ja das Listige an dir. Tagsüber schweigst du lange und ausdauernd, und wenn du redest, sind es freundliche und ausgleichende Worte. Aber irgendwann muss es ja raus, was sich in dir aufgestaut hat. Das kann sich doch nicht in Nichts auflösen. Nein, nein, das löst sich des Nachts im Schnurgeln, im explodierenden Zuschnappen, in gemurmelten Schimpftiraden. Und du bist unschuldig, denn du hast geschlafen!«

»Das fällt dir heute ein, an meinem achtzigsten Geburtstag! Soll ich für die nächste Nacht ein Einzelzimmer für dich bestellen?«

»Nein, nein, so hab' ich mir das nicht vorgestellt. Ich dachte, wir machen an deinem Geburtstag ein lustiges Experiment. Du redest, wie dir der Schnabel gewachsen ist, du nimmst dir kein Blatt vor den Mund. Und wenn dich etwas ärgert, dann schimpfst du frisch von der Leber weg. Viel passieren kann dir ja nicht. Am achtzigsten Geburtstag darf man dir nichts übel nehmen, auch wenn man es gerne täte. Dann wollen wir sehen, ob du heute Nacht noch schnurgelst und zuschnappst, oder ob du entspannt und lautlos schläfst.«

»Das ist ein Angebot! Ein nobles Geburtstagsgeschenk! Ich darf lästern nach Herzenslust, und du trittst mir nicht auf die Zehen, wirfst mir auch keine strafenden Blicke zu. Abgemacht! Ob ich dann allerdings nachts still bin, kann ich nicht versprechen. Das Experiment hat einen offenen Ausgang, wie alle Experimente.«

Elses Freibrief erheiterte Theobald. Plötzlich machte ihm sein Geburtstag Spaß. Er entdeckte die Sonnenpracht im Seespiegel, biss mit Behagen in knusprige Semmeln und schlürfte den Kaffee vernehmlich, ohne eine Ermahnung seiner Frau befürchten zu müssen. Die legte vielmehr ihre Hand auf seine, was die Essenszufuhr vorübergehend unterbrach, und flüsterte in sein rechtes Ohr, mit dem er noch leidlich gut hörte, dass sie ihn liebe, auch wenn er zuweilen knurre.

Dann schwiegen sie beide, kauten und träumten in den See hinaus.

Heiner, Helene und Sarah kamen lärmend. »Happy Birthday!«, rief Sarah wieder. »Heute darf ich doch!«

»Ja, du darfst«, gab Theobald zu. »Aber nur einmal. Das

reicht für den ganzen Tag, ja, für ein ganzes Jahr, bis zum Einundachzigsten.«

»Ich schiebe einen größeren Tisch dazu. Dann haben wir alle Platz!«, rief Helene und stieß ihren Mann fordernd in den Oberarm, er möge zupacken.

»Wenn ihr gerne Möbel schiebt«, meinte Theobald. »Wir sind allerdings fast fertig.« Er schielte zu seiner Frau hinüber, aber die hielt sich ruhig.

Heiner und Helene schoben den Tisch, als ob sie Theobald nicht verstanden hätten. Der Ober legte Gedecke auf.

»Wir gehen ans Buffet, unser Frühstück aussuchen!« Helene zog los, Heiner und Sarah hinter sich.

»Das wird dauern!«, bemerkte Theobald. »Am liebsten würde ich jetzt gehen.«

»Wenn du dafür nachts nicht schnurgelst, von mir aus!«

»Offenes Experiment, haben wir gesagt. Im Übrigen kann ich das der Sarah nicht antun. Die würde mich vermissen!«

»Der Sarah kannst du nichts antun. Ich weiß, sie ist dein Liebling. Sie darf sogar ›Happy Birthday‹ plärren, in der Nase bohren, den Ellenbogen auf den Tisch setzen und das Messer abschlecken. Das übersiehst du alles. Bei mir übersiehst du nichts mehr!«

»Eifersüchtig? Du wirst dich doch nicht an einem achtjährigen Kind messen? Oder wirst du wieder kindlich, um nicht zu sagen kindisch?«

»Gerne würde ich jetzt zurückschießen, Theobald. Aber dann geht das Experiment mit Sicherheit schief. Also, spotte ruhig weiter.«

Dazu hatte Theobald keine Chance, denn jetzt fiel die Familie in voller Stärke ein, Heiner, Helene und Sarah mit hoch beladenen Tellern, Sophie, Hubert, Klaus und Michael noch unbewaffnet, Hubert mit Krawatte.

»Papi«, rief Sophie, »wie fühlst du dich als frisch gebackener Achtziger?«

»Beschissen«, knurrte Theobald.

»Pfui, Papa!«, rügte Sophie, »du solltest so hässliche Worte vor den Kindern nicht gebrauchen.«

»Der Opa steckt tief in der Scheiße!«, nahm Michael unbekümmert das Thema auf.

Sophie forderte Hubert mit scharfem Blick zum Handeln auf. »Noch einmal«, verkündete er mit erhobenem Zeigefinger, »noch einmal, wenn du dich so unflätig benimmst, verschwindest du ungefrühstückt im Hotelzimmer!«

Essensentzug war für Michael die schärfste Strafe. Er hatte sich schon beim Aufwachen überlegt, dass er am Frühstücksbuffet ein Eieromelett mit Schinken, Pilzen und Tomaten verlangen würde und seitdem ein erwartungsfrohes Gefühl im Magen. Er nahm zwar Drohungen seines Vaters nicht sehr ernst, gab sich aber doch für eine Weile schweigsam, um das Omelett nicht zu gefährden.

Das gab seiner Mutter die Gelegenheit, nochmals auf die Programmfolge des Tages hinzuweisen. »Wir treffen uns alle um 10 Uhr im Seminarraum, um zu gratulieren und die Geschenke zu überreichen. Um 13 Uhr sind wir dann im Nebenzimmer des Restaurants zum Mittagessen.«

Theobald sah, dass Sarah damit beschäftigt war, ihrem Vetter Klaus zuzuhören. Er war der Älteste unter den Kindern, schlank und hochgewachsen, mit großen, lebhaften blauen Augen. Sarah schien ihn zu bewundern, obwohl er auf dem Klavier stecken geblieben war.

Da bin ich derzeit wohl nicht benötigt, dachte Theobald. »Ihr entschuldigt mich jetzt«, sagte er und stand auf. »Ich werde mich noch ein wenig ausruhen, ehe ich um 10 Uhr wieder für euch Parade stehe. Achtzig Jahre zu tragen, ist eine anstrengende Angelegenheit.«

Er kam erst zehn nach zehn. »Die sollen ruhig auf mich warten«, sagte er zu seiner Frau. »Wie du meinst«, bemerkte sie.

Sie standen alle um einen runden Tisch, auf dem die Geschenke lagen, Heiner zwei Schritte vor der Front. Offenbar sollte er reden.

»Rührt euch!«, rief Theobald in die Runde. Aber selbst die Kinder blieben wie angewurzelt stehen.

»Lieber Vater, Schwiegervater und Opa!«, fing Heiner feierlich an, »Wir alle gratulieren dir von Herzen!« Dann kamen die üblichen Wünsche: Gesundheit, und hundert Jahre soll er werden. Der ideale Vater sei er gewesen, immer großzügig und tolerant, und als Opa gar sei er nicht zu übertreffen, wozu Sarah eifrig nickte, Klaus und Michael grinsten.

Ihm etwas zu schenken, sei schwierig, weil er schon alles habe. Eine Kiste Spätburgunder stehe da, die Arznei, die ihm am besten bekomme, eine besonders schöne Gesamtausgabe der Werke Fontanes habe Hubert aufgetrieben, seine alte sei doch recht zerfleddert und obendrein unvollständig. Klaus und Michael hätten um die Wette gemalt, Szenen aus dem Leben ihres Opas, und Sarah habe ein Körbchen gebastelt mit hübschen Blumen darin. Alles komme von Herzen, mit den allerbesten Wünschen.

Theobald räusperte sich. Es steckte ihm doch etwas Rührung in der Kehle. Dann erinnerte er sich an den Freibrief, den ihm Else gegeben hatte. Den wollte er nutzen.

Dank sagte er zunächst artig, und dass ihn all das Lob und die Geschenke, besonders die der Kinder, freuten. Dann zwinkerte er seiner Frau zu und fuhr fort:

»Ein idealer Vater war ich gewiss nicht. Dazu hatte ich viel zu viel Angst, dass etwas schief gehen könnte mit meinen Kindern. Man hat ja keine Erfahrung in diesem Job. Chemie hab' ich gelernt, aber doch nicht Vatersein. Ist es normal, dass sie noch mit vier in die Hosen macht? Dass er mit drei noch kaum einen ganzen Satz redet? Und dann die schreckliche Schule, eine Einrichtung zur Folterung von Eltern! Vorrücken gefährdet! Das muss man unterschreiben, dafür wird man verantwortlich gemacht! Entweder ist der Bub dumm, dann hat man ihm keine guten Gene vererbt, oder er ist faul, dann hat man ihn nicht ordentlich in den Hintern getreten! Vielleicht taugen auch die Lehrer nichts. Aber das wagt man nicht, laut zu sagen. Was tut man? Man zahlt Nachhilfelehrer.

Dann kommt die Pubertät. Skurrile Flausen haben die Kinder plötzlich im Kopf. Man weiß nicht, wie ernst man sie nehmen soll. Kann eine davon gefährlich werden, in den Abgrund führen? Das fängt harmlos an. Löcher müssen die Jeans haben, und die Pullover müssen herunterhängen wie die Kohlensäcke. Irgendwo wird der erste Joint geraucht. Die Haare, speckig verfilzt, hängen bis über die Schultern. Der erste Bart wuchert ungepflegt im Gesicht. Schließlich fängt die Sache mit dem Sex an. Beim Sohn denkt man noch leichtfertig, soll er doch seine Erfahrungen machen. Dann taucht so ein erfahrungshungriger Jüngling bei der Tochter auf, und man steht Ängste aus, ob er ans Ziel kommt.«

Bei diesem Thema wurde die Oma unruhig. Flehentliche

Blicke warf sie auf ihren Theobald und von dem auf die aufmerksam lauschenden Kinder. Theobald verstand und ließ die Liebesabenteuer seiner Kinder im Dunkeln.

»Schließlich entdeckt der Sohn, statt zu studieren, die Revolution«, fuhr er nach kurzer Atempause fort. Keine Demo ohne Heiner. Steine auf die Bullen und in Schaufenster. Du redest ihm gut zu, zahlst den Unterhalt, und bittest den lieben Gott, der völlig unzuständig ist, er möge den Irrenden vor dem Kadi bewahren.

Irgendwann werden die Kinder vernünftig, wenn man Glück hat, heiraten einen Beamten mit Krawatte und Grundsätzen, werden Solarzellenverkäufer mit Geschäftsinstinkt.

Dass das Vaters Verdienst ist, glaube ich ganz und gar nicht. Allenfalls war man ein gut verwurzelter Baum, an dem sie ihr Fell reiben, und den sie anpinkeln konnten. Die Mutter ist als Wärmespender schon nützlicher, jedenfalls wenn sie nicht zum Arbeitssklaven in der Wirtschaft denaturiert, und darauf auch noch stolz ist.

Keine Generation versteht die nächste. Da hab' ich keine Illusionen. Ich hab' euch auch nicht verstanden, Heiner und Sophie. Allenfalls hab' ich den Verständnisvollen gespielt.

Mit euren Kindern geht's schon besser! Weil ich die nicht erziehen will. Ich schau' ihnen einfach zu, sprudelndes Leben, frisch aus der Quelle, welch ein Vergnügen! Ihr müsst mir das gönnen, auch wenn ich eure Erziehungskünste störe. Wahrscheinlich bewirken sie ohnehin nicht viel.«

Else räusperte sich an dieser Stelle, unterdrückte aber jede verbale Äußerung ihres Unwillens.

Theobald spürte, dass er zum Ende kommen musste.

»Nochmals danke ich euch ganz herzlich für eure Geschenke, eure Glückwünsche und ganz einfach dafür, dass ihr da seid, mich ertragt, mich vielleicht sogar gern habt, wie ich euch!«

Sophie fasste sich als Erste. »Na, Papa, jetzt hast du dich aber gründlich ausgeknurrt! Natürlich haben wir dich gern«, rief sie. »Und wie!« Und schon umarmte sie ihn heftig und küsste ihn lautmalerisch auf beide Backen. Die restliche Familie stand Schlange. Helene und Sarah küssten. Die Männer und die Buben begnügten sich mit Handschlag.

Heiner schenkte Sekt aus, Sophie Limonade für die Kinder. Sarah ging noch einmal auf ihren Opa zu, zupfte ihn am Ärmel, zog ihn zu sich herunter und flüsterte ihm ins Ohr:

»Opa ich hab' einen ganz großen Wunsch. Dass du mit mir Ruderboot fährst. Jetzt gleich, vor dem Essen, eine halbe Stunde! Aber ohne die Buben! Wir zwei, ganz allein!«

»Nichts lieber als das«, flüsterte Theobald zurück und ging Hand in Hand mit Sarah hinaus, nachdem er seine Tochter um Erlaubnis gebeten hatte.

## IV

Theobald schämte sich. Erinnerungen an die vergangenen Stunden ließ er nur in Raten zu.

Was bin ich doch für ein alter Trottel! Wenn ich wenigstens vor dem Sprung meine schweren Schuhe ausgezogen hätte und die lange Hose. Wie ein schwerer Sack ins Wasser geplumpst und abgesoffen!

Else war großartig. Nicht der leiseste Spott, nicht einmal ein ironischer Unterton, nur sachlich-nüchterne Hinweise, wie ich meinen Kopf hinlegen sollte oder meinen Arm, als sie im Krankenwagen neben mir saß. Auch im Krankenhaus stellte sie keine peinlichen Fragen. Allenfalls äußerte sie liebevolle Besorgnis, ob ich auch keinen bleibenden Schaden davongetragen habe. Vielleicht war ihr Blick allzu besorgt, allzu prüfend. Vielleicht dachte sie, ob das nicht erste Anzeichen einer Altersdemenz sind. Die Realität falsch einschätzen, so fängt es doch wohl an?

In diese Richtung wollte Theobald nicht weitergrübeln. Er zwang sich zu helleren Bildern. Der See, das Ruderboot, die angenehm wärmende Frühlingssonne, und die kleine Sarah vorne am Bug, sprühend vor Lebenslust. Sie wollte nicht sitzen bleiben, obwohl er sie altväterlich ermahnte. Sie blitzte ihn an mit ihren großen blauen Augen und lachte. »Sei nicht so ängstlich, Opa«, rief sie. »Das Boot kippt schon nicht!« Sie hatte ihre Sandalen ausgezogen und hüpfte barfuß von einem Fuß auf den andern. Das Boot schaukelte heftig in ihrem Rhythmus. Er bekämpfte seine Angst. Noch einmal sein können wie dieses achtjährige Mädchen! Ganz aufgehen in der Freude am Leben! Er meinte, er könnte es für diesen Augenblick erzwingen. Keine Ängste mehr, keine Ermahnungen! Er schaukelte mit und lachte!

Und dann dieser juchzende Höhepunkt! Sarah sprang auf die dreieckige Bank am Bug, stand aufrecht, jubelte, begann auch dort oben sich mit tanzenden Schritten zu bewegen. Er bewunderte sie, kritiklos, bedenkenlos, alterslos.

Wenn er sich das Bild zurückholte, die tanzende Sarah auf der Bugbank, hatte er noch immer so etwas wie ein Glücksgefühl. Und dann schämte er sich. Nichts hatte er bedacht. Nicht einmal gefragt hatte er sie, ob sie schwimmen könne. Schließlich hatte er Verantwortung für ein Kind, das ihm von seiner Schwiegertochter anvertraut war. Kindisch war er geworden, ein kindischer alter Trottel. Er hätte den Unfall voraussehen müssen. Natürlich kippte Sarah von der Bank und stürzte ins Wasser. Dieser jähe Umschwung vom Glück in die Kopflosigkeit! Nur mehr der Gedanke, du musst das Kind retten! Einfach hinterher gesprungen, sinnlos, in voller Montur, mit den schweren Lederschuhen an den Füßen. Er brauchte alle Kraft, um sich über Wasser zu halten. Und die Kraft schwand, schwand überraschend schnell. Er hörte noch, wie Sarah um Hilfe schrie, wie sie ihm schließlich zurief: »Opa, schwimm doch, schwimm!« Dann sackte er ab und kam erst wieder zu sich, als ihn die Männer von der Wasserwacht bereits an Land gebracht hatten und ihm erste Hilfe leisteten.

Else kam wieder ins Krankenzimmer. Sie strahlte Fröhlichkeit aus und Tatkraft, so, als wäre sie froh, jetzt das Regiment zu führen. »Die Ärzte sind optimistisch«, sagte sie. »Morgen wollen sie noch dein Herz gründlich untersuchen, EKG, Ultraschall und so. Wenn sie nichts Beunruhigendes finden, kannst du übermorgen mit mir nach Hause. Sophie, Hubert, Klaus und Michael sind schon abgefahren. Die Kinder müssen ja morgen in die Schule. Herzlich grüßen soll ich dich und gute Besserung wünschen. Sarah und ihre Eltern sind noch da. Sie muss sich erst von dem Schreck erholen. Der Sturz ins Wasser hat ihr nichts ausgemacht. Sie ist eine ausgezeichnete Schwimmerin, hat seit Langem den Freischwimmerschein. Auch war sie leicht gekleidet, ein kurzes Höschen, ein T-Shirt, mehr nicht. Ich hab' ja den Verdacht, dass sie sich absichtlich ins Wasser fallen ließ. Aber das bestreitet sie entschieden. Was sie furchtbar erschreckt hat, war dein Verhalten, dass du ihr hinterhergesprungen bist, mit Kleidern und Schuhen, dass du dich nicht über Wasser halten konntest und sie die Kraft nicht aufbrachte, dir zu helfen.

Immerhin hat sie aus Leibeskräften um Hilfe geschrien und so die Wasserwacht rechtzeitig alarmiert.

Ja, lieber Theobald, immer hast du in unserem langen Eheleben gezögert, eher zu lang als zu kurz überlegt, und heut' an deinem achtzigsten Geburtstag, springst du ins Wasser, ohne einen Moment nachzudenken. Wärst du nachdenklich an deinem Ruder sitzen geblieben, nichts wäre passiert. Die Sarah wäre zum Boot zurückgeschwommen, und du hättest ihr in Ruhe helfen können, wieder ins Boot zu klettern.«

Jetzt macht sie mir doch Vorwürfe, dachte Theobald.

»Im Nachhinein sind alle Leute klüger«, sagte er.

»Im Übrigen weiß ich selbst, dass ich ein alter Trottel geworden bin, der nicht mehr immer richtig tickt.«

»Nein, Theobald, bitte nicht! Nur kein Selbstmitleid! Das steht dir gar nicht gut. Eine Kurzschlusshandlung aus Sorge um ein Kind ist aller Ehren wert und kein Anlass am eigenen Verstand zu zweifeln. Da ist es mir schon lieber, du findest deine alte Spottlust wieder.«

Dazu hatte er keine Gelegenheit. Es klopfte an der Tür. Herein kamen Heiner, Helene und Sarah. Betreten schauten sie ihn an, so, als wüssten sie ihn nicht mehr so recht einzuordnen. Am schnellsten fing sich Sarah.

»Opa«, rief sie, »was machst du bloß für Sachen! Aber dein Kopfsprung war gar nicht schlecht für dein Alter. Kein Bauchplatscher, nein, ein richtiger Kopfsprung, einfach klasse! Ich hab' ihn vom Wasser aus gesehen und nicht schlecht gestaunt! Nur die Beine waren nicht gerade ausgestreckt.

Na ja, so mit den Schuhen ist das ja auch ein Kunststück. Wir müssen mal im Sommer zusammen schwimmen gehen. Dann üben wir beide Kopfsprung, aber in der Badehose.«

Theobald schmunzelte, »Du bist ein Prachtstück, Sarah! Ich hab' dich einfach unterschätzt. Das kommt, weil wir uns viel zu selten treffen.«

Heiner und Helene hatten die Sprache wiedergefunden. Sie erfüllten die Etikette, fragten nach dem Befinden, rieten zur Schonung, zu gründlicher Untersuchung, Verlängerung des Krankenhausaufenthalts.

Das reizte Theobald. »Meint ihr, ich sollte noch einen Psychiater hinzuziehen?«, bemerkte er trocken.

Heiner meckerte gequält und nannte seinen Vater einen Witzbold.

Sarah nützte die anschließende Schweigeminute, um das Mittagessen zu loben. »Ich hab' noch nie so viele Gänge gegessen. Ich glaub', es waren fünf. Ewig schade, dass Oma und du nicht dabei wart. Wir haben aber immer von euch geredet. Und Papa hat auch ein paar Worte zu deinem Geburtstag gesagt, und wie schade es ist, dass du ganz umsonst ins Wasser gesprungen bist.«

Theobald richtete sich auf und saß kerzengerade im Bett. »Hiermit erkläre ich meinen achtzigsten Geburtstag für beendet!«, sagte er feierlich. Ich will von ihm und meinem Kopfsprung nichts mehr hören! Im Sommer lade ich euch alle zu einem Familienfest ein, ganz ohne Geburtstag. Ich garantiere mindestens fünf Gänge, und mit dir, Sarah, mache ich eine Kahnfahrt, natürlich im Badeanzug.«

# Ernteeinsatz

Erzählung

15. Juni 1943

Liebe Eltern,
jetzt bin ich schon drei Tage auf dem Furtnerhof und es wird Zeit, dass ich berichte, wie es mir geht. Wir sind hier zu fünft, der Bauer, die Bäuerin, die Magd Leni, der russische Kriegsgefangene Vladimir und ich. Vladimir schläft nicht hier, sondern auf einem Strohlager im Feuerwehrhaus am Dorfrand, zusammen mit sieben anderen Russen. Ein Soldat bringt ihn jeden Morgen auf den Hof und holt ihn abends wieder ab. Er hat ein langes Gewehr umhängen, damit der Vladimir nicht davonlaufen kann, ein französisches Beutegewehr, hat er mir gesagt. Vladimir macht sich darüber lustig. Manchmal schultert er den Kehrbesen, grinst mit seinem zahnlosen Oberkiefer und ruft »Siegfried!« So heißt der Wachsoldat.

Zu den Mahlzeiten sitzen wir alle Fünf um den viereckigen Eichentisch in der Wohnküche, der Bauer und die Bäuerin auf den beiden Eckbänken, die Übrigen auf Stühlen. Im Eck über dem Tisch hängt ein Kruzifix. Bilder sind keine an der Wand, auch kein Führerbild. Niemand spricht ein Tischgebet. Die Bäuerin murmelt etwas leise vor sich hin, das man nicht versteht, und tupft mit dem Finger an Stirn und Brust bevor sie nach dem Suppenlöffel greift. Das könnte ein Kreuzzeichen sein, wie es die Katholiken machen.

Über dem Tisch hängt ein gelber Fliegenfänger, an dem schon viele Fliegen kleben. Aber es schwirren noch genug lebendige herum, krabbeln auch am Rand der Suppenschüssel, und ich hab' Angst, sie könnten hineinfallen.

Morgens gibt es Malzkaffee in kleinen Blechschüsseln, Schwarzbrot und Marmelade, mittags meistens Schweinefleisch mit Kartoffelsalat, abends gestockte Milch und Kartoffeln. Es redet kaum jemand am Tisch. Man hört nur die Fliegen sirren.

Manchmal sagt der Bauer etwas vom Wetter. »Es wird doch no halt'n bis mir's Heu henna han«, oder so ähnlich. Die Bäuerin sagt dann: »'s werd scho.«

Gestern Abend war der Bauer besonders gut aufgelegt. »Dem Vladimir, dem schmeckt's«, sagte er plötzlich und übertönte die Fliegen. »Der war a klapprigs G'stell wie er aus'm Lager kemma isch im Herbst. Dann hem mer'n rausg'fuadert den ganzen Winter. Jetzt hat er Muskeln wie a Preisboxer. Nur seine Zähn' sen nimme nachg'wachsen. Die ham sen ausg'schlag'n. D'rum grinst er so blöd.«

Der Vladimir sagte nichts dazu, grinste mit noch breiterem Mund als sonst.

Bei der Heuernte bin ich noch keine große Hilfe. Es zeigt mir auch niemand, wie ich's machen soll. Gestern war ich mit der Bäuerin und der Leni beim Heuausbreiten. Wir arbeiteten in einer Staffel, ich hinter den zwei Frauen. Gras, das in Streifen frisch geschnitten war, hatten wir mit der Gabel locker auszubreiten, damit es trocknet. Ich muss mit meinen Sandalen irgendwo hängen geblieben sein. Jedenfalls stolperte ich und fiel hin. Die Frauen warteten, bis ich wieder in der Reihe stand. Ich hörte, dass die Bäuerin vor sich hin brummte. Mich hat sie dabei nicht angeschaut. Aber sie muss mich gemeint haben mit ihren Schimpfworten. »Dummer Siach«, oder so ähnlich. »Des kennet bei uns scho' Erstklässler, Heuausbreit'n ohne dass hinfall'n. Oberschüler sen da z'blöd dazu!« Die Leni hat darauf laut und dreckig gelacht. Sie mag mich sowieso nicht. Den Vladimir übrigens auch nicht. Den nennt sie einen »blöden Sauruss'n.«

Nun, ich werd's schon lernen, mit der Heugabel umzugehen.

Mit vierzehn sind die hier auch noch keine perfekten Bauern.

So viel für heute. Ich muss ins Bett, in die Knechtskammer unterm Dach, in die der Vladimir nicht liegen darf. Um fünf geht's wieder raus.

Gruß
Euer Heiner

20. Juni 1943

Liebe Eltern,

euren Brief hab' ich bekommen. Ihr braucht euch keine Sorgen zu machen. Über die Heugabel stolpre ich nicht mehr.

Vater meint, ich soll nicht zu viel mit dem Vladimir reden. Das Gespräch mit Kriegsgefangenen sei verboten. Man hat uns das auch in der Schule gesagt vor dem Ernteeinsatz. Aber das für den Arbeitsablauf Notwendige, hieß es, darf man reden. Zurzeit arbeite ich viel mit Vladimir. Das Heu ist durch den Regen nass geworden. Man muss es auf sogenannten »Heinzen« trocknen. Das sind kräftige Holzpfähle, die von

Querhölzern durchbohrt werden. Vladimir schlägt sie mit einem Holzhammer in den Boden. Das geht nur, wenn sie jemand senkrecht festhält. Dazu, meint die Bäuerin, sei ich zu gebrauchen.

Zunächst hatte ich Angst. Vladimir lässt den Holzhammer mit voller Kraft auf das glatt geschnittene Ende des Pfahls sausen und stößt dabei einen merkwürdigen, gepressten Laut aus, als wollte er dem Schlag besonderen Nachdruck verleihen. Ich halte den Pfahl mit beiden Händen umklammert und spüre, wie das Holz vibriert. Wenn Vladimir nicht genau zielt, dachte ich am Anfang, rutscht der Hammer am Pfahl ab und richtet meinen Arm übel zu. Aber jeder Schlag saß.

»Du keine Angst«, sagte Vladimir. »Ich wieder viel Kraft. Ich dirigier' Hammer richtig.« Da musste ich lachen und wir lachten zusammen.

Obwohl es sommerlich warm ist, trägt Vladimir immer dasselbe kragenlose Wollhemd mit langen Ärmeln, das aussieht wie die Unterhemden, die Vater im Winter anhat, nur dass es braun-grün eingefärbt ist. Er hat wohl nichts anderes. Die Hose aus Drillich in gleicher Farbe hält er mit einem Strick zusammen. Seine nackten Füße stecken in Holzpantinen.

Gestern zog er aus der Hosentasche eine zerknitterte Fotografie und hielt sie mir hin. »Mein Sohn«, sagte er. Das war etwas Privates und gehörte nicht zur Arbeit. Hätte ich wegschauen sollen? Aus der Luke eines russischen T-34 Panzers ragte der Oberkörper eines Offiziers. Er lachte fröhlich unter einer dunklen Ledermütze, die nur das Gesicht frei ließ. »Tot«, sagte Vladimir. »Verbrannt! Getroffen von deutsche Kanone. Gescheiter Bub. Studiert. Schon Ingenieur.«

»Tut mir leid«, hab ich gemurmelt.

Vladimir erzählte mir in seinem Primitiv-Deutsch auch sonst einiges von sich. So viel ich verstand, arbeitet er als Mechaniker in einer Landmaschinenfabrik am Stadtrand von Minsk. An Maschinen glaubt er. Von der maschinellen Ausstattung des Furtnerhofs redet er mit Verachtung.

»Kein Traktor! In Russland überall Traktor! Pferde nicht gut für Arbeit!«

Auf dem Furtnerhof stehen zwei Pferde und fünfzehn Kühe. Für die Pferde sind die Männer zuständig, der Bauer und Vladimir. Die Kühe sind Frauensache.

Mir sind die Pferde auch lieber. Ich mag ihren Geruch. Kuhmist stinkt. Manchmal verscheuche ich die Fliegen von den Köpfen, wenn die Pferde schwitzend vor dem schweren Heuwagen stehen. Ich denke, das tut ihnen gut.

Vladimir seh' ich oft im Pferdestall, auch wenn die Arbeit getan ist. Er raucht dann seine selbst gedrehten Zigaretten. Die Kippen holt er aus dem Aschenbecher vom Bauern. Als Zigarettenpapier nimmt er eine Seite aus dem »Allgäuer Beobachter«. Davon reißt er einen Fetzen ab, schüttet die Tabakskrümel hinein, rollt das Papier zwischen den Fingern, nässt es mit der Zunge und klebt es zu. Der Rauch stinkt nach verbranntem Zeitungspapier. »In der Küch'n rauchst des stinkig Zeug net!«, sagte die Bäuerin. Darum raucht Vladimir bei den Pferden.

Gestern kippte die Leni die Zigarettenstummel aus dem Aschenbecher Vladimir vor die Füße, als sie den Küchentisch nach dem Abendessen abwischte. «Klaub'n auf dein Dreck!«, sagte sie.

Der Vladimir gab keinen Laut von sich, schaute nicht einmal böse, las die Kippen zusammen und verschwand in den Pferdestall.

Vater wird sagen, ich schreib' so viel über den Vladimir und so wenig von den Bauersleuten. Aber die reden kaum mit mir. Sie wechseln auch untereinander fast kein Wort. Ich glaub' nicht, dass sie sich gern mögen.

Eigentlich freu' ich mich, wenn der Ernteeinsatz in einer Woche vorbei ist.

Viele Grüße
Euer Heiner

23. Juni 1943

Lieber Fritz,

deinen Brief vom Sulznerhof hab' ich bekommen. Es freut mich, dass du so viel Spaß bei der Heuernte hast und deine Bauersleut' so lustig sind. Von den meinen kann ich das nicht behaupten. Sie reden kaum miteinander. Ich weiß jetzt auch warum. Der Bauer hat ein Verhältnis mit der Magd, der Leni. Wundern tut mich das nicht. Die Bäuerin ist krottenhässlich, sie hat ein aufgedunsenes Gesicht, das mit blau-roten Äderchen durchzogen ist. Ihr Körper ist rund wie ein Fass.

Die Leni sagt, die säuft zu viel. Sie hat mir auch erzählt, dass der Bäuerin der Hof gehört, und dass der Bauer sie nur deshalb geheiratet hat. Kinder könne sie keine kriegen.

Der Bauer verschwindet mit der Leni öfters auf den Heuboden. Ich bin ihnen einmal heimlich nachgestiegen und hab' sie durch einen Bretterspalt beobachtet. Der Bauer lag auf der Leni und hat sie … Na ja, du weißt schon. Ich hab' so was noch nie gesehen. Ich fand es ekelhaft.

Die Leni ist ein ordinäres Frauenzimmer. Manchmal kommt aus der Nachbarschaft ein Kriegsversehrter zu uns und hilft bei leichteren Erntearbeiten. Die Bäuerin gibt ihm dafür Lebensmittel, Milch, ein paar Eier, ein Stück Speck. Sein rechtes Bein ist unterm Knie amputiert. Er trägt eine Prothese. An manchen Tagen humpelt er besonders stark und hat Schmerzen. Das hängt wohl mit dem Wetter zusammen.

»Was lahmscht' heut wieder so«, sagte die Leni an einem solchen Tag zu ihm. »Bischt gschtern z'oft aufg'hocket bei deiner Alten?«

Ich hab' zuerst gar nicht kapiert, was sie meint mit dem »aufg'hocket«, bis mir klar wurde, dass es um dasselbe ging wie zwischen dem Bauern und ihr auf dem Heuboden. Sie hat auch so dreckig gelacht über ihren Ausspruch, während der Kriegsversehrte nicht lachen konnte.

Auf dem Hof arbeitet ein russischer Kriegsgefangener, der Vladimir. Die Leni mag ihn nicht, nennt ihn Sauruss, blöder, und ähnliches. Er muss die schwerste Arbeit leisten. Mit der großen Gabel lädt er die Heuballen auf den Wagen. Die Leni sitzt oben und verteilt die Ballen.

»Los, schaff schneller, du Lahmarsch«, hat sie ihm neulich zugerufen. »Wo anders darfscht dei Kraft eh net rauslassa!« Danach kam wieder dasselbe dreckige Lachen.

Ich mag den Vladimir gern. Obwohl er nur wenige deutsche Brocken kann, rede ich mit ihm am meisten. Oft verständigt er sich mit Gesten oder Blicken, und auf seinem Gesicht sehe ich, dass er es gut mit mir meint.

Mein Vater hat ja Bedenken und schreibt, mit Kriegsgefangenen dürfe man nichts Privates reden; das sei verboten. Auch der gefangene Feind bleibe Feind. Aber ich denke, der

Vladimir ist nicht gerne Soldat geworden. Er musste halt. Jetzt ist er froh, dass er lebend davonkam und niemand mehr auf ihn schießt. Anfeinden will der niemand.

Mit meiner Erntehilfe ist es nicht so weit her. Aufladen, wie der Vladimir, kann ich nicht. Dazu bin ich noch zu schwach. Ich mach' halt bei der Frauenarbeit mit, Heuwenden, Zusammenrechen, Ausbreiten. Selbst da, sagt die Bäuerin, stelle ich mich dümmer an als die Erstklässler auf dem Land. Vielleicht behauptet sie das auch nur, weil sie mich nicht mag, oder mir neidet, dass ich in die Oberschule gehe, und nicht mein Leben lang im Heu rumstochern muss.

Gestern bin ich grad zum Trotz in der Mittagspause in die Scheune gegangen und hab' ganz allein den Heuwagen abgeladen, den der Bauer vor der Pause reingefahren hatte. Das ist sonst dem Vladimir seine Arbeit. Gelobt hat mich der Bauer deswegen nicht. Als er vorbeikam, brummte er nur: »Des nächste Mal schmeißt es Heu weiter hintre.« Auf das nächste Mal kann der lange warten.

Nur der Vladimir sagte: »Du gute Arbeit. Viel Fleiß. Schon starke Muskeln, wie ein Mann.«

Schade, dass wir nicht zu zweit hier sind, und das Arbeitsamt jeden auf einen anderen Hof geschickt hat. Zusammen würden wir dem mürrischen Verein schon den einen oder anderen Streich spielen. Noch eine Woche, dann sitzen wir im Klassenzimmer wieder nebeneinander und ärgern den Rüchlein mit seiner Eunuchenstimme, wenn er chemische Formeln piepst.

Mach's gut!
Servus
Dein Heiner

29. Juni 1943

Liebe Eltern,
dies ist mein letzter Brief vom Furtnerhof. Fröhliches kann ich nicht berichten. Gestern ist der Vladimir verunglückt. Er holte den Heuwagen von der Scheune herunter, nachdem er ihn abgeladen hatte. Den Wagen ließ er die Auffahrt abwärts rollen. Er rannte voraus, die Deichsel in der Hand. So machte er es immer. Diesmal muss er mit seinen Holzpantinen ausgerutscht oder irgendwo hängen geblieben sein. Jedenfalls stürzte er vor dem Wagen und die rechten Räder rollten über seine Beine und seinen Unterleib. Ich stand mit den beiden Pferden unten vor der Auffahrt, um sie wieder einzuspannen. So spielte sich alles vor meinen Augen ab. Aber ich konnte den Wagen nicht aufhalten. Ich war machtlos. Der Vladimir lag da und stöhnte laut. Er konnte sich nicht bewegen. Ich ließ die Pferde los, rannte zu ihm und schrie um Hilfe. Schließlich kamen sie nacheinander vor's Haus, der Bauer, die Bäuerin und zuletzt die Leni. Wir versuchten gemeinsam, den Vladimir anzuheben. Aber es ging nicht. Die Schmerzen, die wir ihm dabei zufügten, waren zu stark. Wir zogen ihn schließlich auf eine Decke, die wir neben ihn legten. Ich sagte, wir müssen einen Arzt holen. Aber der Bauer meinte, für Kriegsgefangene sei die Wehrmacht zuständig. Er schickte mich zu dem Wachtposten im Feuerwehrhaus. Der habe auch ein Telefon. Ich bin gerannt, so schnell ich konnte und hab' dem Soldaten atemlos berichtet. Der fand das alles nicht so beunruhigend. »Den wird ma' wohl mit'm Sanka abtransportier'n müss'n«, sagte er. »Wohin?«, fragte ich. Da zuckte er nur mit den Achseln. Schließlich telefonierte er mit vielen Stellen. Er

wurde immer weiter verbunden. »Die schicken einen Sanka auf den Furtnerhof«, sagte er mir am Ende. »Aber derrenna werden die si' net wega an Russ'n.«

Ich lief zurück zum Furtnerhof. Vladimir lag immer noch auf der Decke und stöhnte. Der Bauer sagte, er müsse jetzt mit der Bäuerin und der Resi aufs Feld. Ich solle beim Vladimir bleiben bis der Sanka kommt.

Es dauerte zwei Stunden. Ich hatte furchtbare Angst, der Vladimir könnte sterben, während ich allein bei ihm wachte. Oft hatte er die Augen geschlossen und schien bewusstlos zu sein. Dann murmelte er russische Worte, die ich nicht verstand oder er stöhnte laut. Essen wollte er nichts, und zu trinken konnte ich ihm nur etwas Wasser einflössen. Nach zwei Stunden tauchte endlich der Sanka mit zwei Sanitätern auf, einem Unteroffizier und einem Gefreiten. Die hoben den Vladimir auf eine Bahre, obwohl er schrie vor Schmerzen, und schoben ihn in den Sanka. Ich redete allerhand Unsinn auf ihn ein, dass er jetzt ins Lazarett komme, dass die Ärzte ihn bald gesund machten, dass er dann wieder auf dem Furtnerhof arbeiten könne. Der Unteroffizier sagte, ich solle mit meinem Gequatsche aufhören. Ich glaube, der Vladimir konnte mich gar nicht verstehen. Ich holte schnell noch ein Stück Brot und eine Flasche Apfelsaft aus dem Haus und legte es neben die Bahre.

Den Unteroffizier fragte ich, wo der Vladimir denn jetzt hinkomme. Er sagte etwas von einem großen Gefangenenlager, das auch eine Krankenstation habe. Den Namen konnte ich nicht verstehen.

Als die Sanitäter schon einstiegen, um abzufahren, kam der Bauer. Er wechselte ein paar Worte mit den Soldaten und schaute kurz auf die Bahre. »Der isch nemme do«, brummte er, und deutete auf seine Stirn.

Der Wagen verschwand. Ich ging mit dem Bauer ins Haus. »Schaffe kann der nemme«, sagte er zu mir. »Die müsse mir an nuia Russa schicka. Hoffentlich koin ausg'hungert'n, den i' wied'r rausfudra muaß!«

Morgen darf ich heimfahren. Ich hoff' doch, die Bäuerin gibt mir als Lohn eine Schachtel mit Eiern, ein Stück Speck und eine Flasche Milch, die ich euch mitbringen kann.

Auf frohes Wiedersehen

Euer Heiner

## Die Gräfin

Manchmal träume ich noch von der Gräfin. Sie steht vor dem großen Spiegel mit dem goldenen Rahmen, hebt den langen schwarzen Taftrock ein wenig an und beugt die Knie zum Hofknicks. Auch den Kopf mit den hochgesteckten, schlohweißen Haaren neigt sie in Ehrfurcht vor dem eigenen Spiegelbild. »Majestät«, haucht sie, »es ist zu gütig, dass Sie mich empfangen.« Dann lauscht sie den Worten der Majestät. »Ja«, antwortet sie, »ich bin heute früh geritten, wie Majestät befahlen, eine Stunde bin ich geritten, und Ben, der Reitlehrer, hat mich begleitet. Er war sehr zufrieden mit mir.«

Dann, plötzlich, dreht sie sich nach mir um, sieht mich an mit ihren hellblauen, wässrig-feuchten Augen, kräuselt die Stirn ein wenig, als müsse sie sich anstrengen, meinen Namen zu finden. »Sven«, sagt sie schließlich, »gib mir deine Hand. Du musst mir aufhelfen. Meine Knie sind schwach.«

Wenn ich sie dann berühre, ihre kalte, knochige Hand nehme, wache ich auf. Dann versuche ich, meine Erinnerung im Wachen weiterzuspinnen.

Ich bin wieder fünfzehn und bei Tante Guste zu Besuch. Wir sind im sechsten Kriegsjahr. Aber in der kleinen mainfränkischen Stadt fallen keine Bomben. Die alten Fachwerkhäuser träumen vor sich hin, und über ihnen hüllt sich ein kleines Schloss in wuchernden Efeu. Das Schloss ist beschlagnahmt. Es dient als Lazarett. Die Gräfin darf nicht mehr darin wohnen. Tante Guste hat sie bei sich aufgenommen. Die Gräfin ist verkalkt, sagt meine Tante. Sie ist nicht mehr ganz recht im Kopf.

Tante Guste stört die Wirrniss der Gräfin nicht. Im Gegenteil, sie findet sie lustig. Sie hat sich allerhand Scherze ausgedacht, die sie mit der alten Dame treiben kann.

Der Graf ist schon seit zwölf Jahren tot. Er war General der Kavallerie und starb an einem Herzinfarkt, noch bevor die Nazis an die Macht kamen.

»Wie war denn das?«, fragt Tante Guste immer wieder. »Wurde der Graf in seiner Uniform begraben oder in Zivil?«

»Er trug seine Paradeuniform«, antwortet die Gräfin. »Aber nach einer Weile wurde sie ihm lästig und er hat sie ausgezogen.«

Da lacht meine Tante laut und gewöhnlich, und die Gräfin lacht mit, leise und silbrig, als geböte es die Höflichkeit, dem anderen den Spaß nicht zu verderben.

Während Tante Guste das Mittagessen kocht, muss ich mit der Gräfin spazieren gehen. Immer trotten wir dieselbe Strecke: am Pfarrhaus vorbei, den Berg hinunter an den Main, und durch die Altstadt wieder zurück zum Haus meiner Tante, das auf der Höhe liegt. Die Gräfin hat einen Krückstock dabei mit silbernem Griff. Aber sie stützt sich wenig darauf. Sie ist noch ziemlich gut zu Fuß.

Fast alle Menschen, denen wir begegnen, grüßen freundlich, nicht mit »Heil Hitler«, sie sagen »Guten Morgen« oder »Grüß Gott«, und die Gräfin nickt huldvoll, murmelt auch etwas vor sich hin, das ich nicht verstehe.

Ein älteres Ehepaar begnügt sich nicht mit dem Gruß aus der Ferne. Sie steuern auf uns zu, versperren uns den Weg.

»Liebste Gräfin!«, ruft die Frau im Überschwang und greift nach den Oberarmen der Begrüßten. »Wie, meine Liebste, geht es Ihnen?«

Die Gräfin erschrickt, blickt verwirrt auf die Dame, die sie nicht einordnen kann. Dann fasst sie sich und antwortet korrekt: »Ich danke der Nachfrage. Es geht mir vorzüglich.«

Die Dame und ihr Begleiter schauen mich fragend an. Ich überlege, ob ich mich vorstellen soll. Aber die Gräfin kommt mir zuvor. »Das ist mein Neffe Sven aus Schweden«, sagt sie.

Nie in meinem Leben war ich in Schweden. Auch heiße ich nicht Sven, sondern Florian. Überdies hab' ich die kurzen schwarzen Uniformhosen der Hitlerjugend an. Die gibt es auch im sechsten Kriegsjahr noch zu kaufen. Wie kann ich in HJ-Hosen den Schweden mimen? Die Gräfin bloßstellen will ich aber auch nicht.

Der fremde Herr bricht das Schweigen. Er hat ein schmales, scharf geschnittenes Gesicht und trägt seine dünnen grauen Haare sorgfältig gescheitelt. Auf dem Revers seiner Jacke sehe ich das Parteiabzeichen der NSDAP.

»Sehr interessant«, sagt er. »Aus Schweden! Können Sie denn da überhaupt ins Deutsche Reich einreisen, so mitten im Krieg?«

»Ja«, sage ich, »ich hab' ein Visum bekommen, um meine alte Tante besuchen zu können.«

Der Herr mit dem Parteiabzeichen schaut mich misstrauisch an. »Mein Vater kennt den deutschen Botschafter in Stockholm gut«, fantasiere ich weiter. »Das hat mir geholfen.«

»Ist Ihr Vater auch im diplomatischen Dienst?«, hakt der Herr nach.

»Nein, nein«, sage ich. Er ist Zahnarzt. Der deutsche Botschafter lässt bei ihm seine Zähne richten.«

»Sagen Sie«, wechselt der Herr das Thema, »wie beurteilt man denn in Schweden die Kriegslage, sozusagen aus neutraler Sicht?«

Die Frage ist mir unangenehm. Ich muss mich vorsichtig zwischen schwedischer Neutralität und dem NS-Parteiabzeichen bewegen. »Ich weiß nicht mehr, als in den Zeitungen zu lesen ist«, sage ich schließlich. »Die Alliierten sind an allen Fronten im Vormarsch. Auch haben sie die Luftüberlegenheit und führen einen mörderischen Bombenkrieg. Andererseits berichten schwedische Blätter über geheimnisvolle neue Waffen, die die Deutschen entwickeln. Kriege haben schon manchmal eine plötzliche Wende genommen. Auch in Schweden gibt es keine sicheren Propheten.« Das, denke ich, war diplomatisch genug.

Ehe mich der Herr mit dem Parteiabzeichen weiter bedrängen kann, mischt sich seine Begleiterin ein.

»Sie müssen doch in Schweden leben wie im Paradies! Lebensmittel, Kleider, alles in Hülle und Fülle! Wenn ich mir das vorstelle, einen Frühstückstisch mit echtem Bohnenkaffee, mit knusprigen Semmeln, frischer Butter, weichen Eiern, Honig, Marmelade, Schinken! Mir läuft das Wasser im Mund zusammen! Ich hoffe, Sie haben Ihrer Tante einen Rucksack voll mitgebracht aus Ihrem Friedensparadies!«

Ich bejahe dies ohne Hemmungen, weise aber auf einschränkende Zollbestimmungen hin.

Eigentlich sollte ich dickere, rote Backen haben, wenn man aus dem Land kommt, in dem Milch und Honig fließen, meint die Dame noch. Aber da fehle es wohl am gesunden, soliden

Leben! Dabei schaut sie mich schelmisch an und erhebt mahnend den rechten Zeigefinger.

Ob die Gräfin etwas von dieser Unterhaltung verstanden hat, ist ihr nicht anzumerken. Jedenfalls muss sie gespürt haben, dass mir nicht wohl ist in dieser Gesellschaft. Plötzlich hebt sie den Krückstock, blickt energisch nach vorwärts und sagt: »Wir werden zu Hause erwartet. Es hat mich sehr gefreut, Sie wiederzusehen. Leben Sie wohl!«

Und so steigen wir bergan, dem Haus Tante Gustes entgegen.

Um die Jahrhundertwende als großbürgerliches Einfamilienhaus gebaut, muss es seit 1941 zwei Familien beherbergen. Im Erdgeschoss, mit einem Wohnraum, einem Esszimmer und zwei Schlafräumen, residieren meine Tante und die Gräfin. Überdies hat Tante Guste sich ein Gästezimmer im Dachgeschoss vorbehalten, das als Türmchen mit Rundumsicht aus dem Satteldach des Hauses ragt. Hier darf ich wohnen.

Im ersten Stock ist der Hauptmann einquartiert zusammen mit seiner Ehefrau und einer zehnjährigen Tochter. Meine Tante nennt den Hauptmann einen »komischen Schoten«. Sie drückt mit diesem Wort höchste Verachtung aus. Ich habe in einem etymologischen Wörterbuch nachgesehen, das in dem gut bestückten Bücherregal im Turmzimmer steht. Schote bedeutet demnach Dummkopf, Einfaltspinsel und leitet sich von dem hebräischen Wort sote ab, das für dumm, töricht steht.

Der Schote war übrigens nur Hauptmann der Reserve. Im Zivilberuf unterrichtete er an einer Volksschule. Meine Tante behauptet, die seien die schlimmsten. Brächten sie es zum Reserveoffizier, bekämen sie den Größenwahn. Ich sehe den Schoten, wie er auf dem Balkon steht, mit nackter, tief gebräunter Brust, und als Feldherr mit dem Fernglas den Horizont absucht. Nach wem, weiß ich nicht. Zurzeit ist er auf Genesungsurlaub, weil er sich in Polen die Ruhr holte. Man muss vorsichtig sein, wenn man sich unter dem Balkon bewegt. Sieht einen der Hauptmann, grüßt er laut und herausfordernd mit »Heil Hitler«. Meine Tante antwortet mit »Heil« und verschluckt den Hitler, deckt ihn zu mit Gebrummel. Die Gräfin antwortet gar nicht, was den Hauptmann ärgert. Tante Guste entschuldigt sie mit Demenz. So was gehört in die Anstalt, sagt der Hauptmann dann.

Seine Frau ist nicht weniger eifrig. Sie hebt sogar den Arm zum Deutschen Gruß, wenn ich ihr auf dem Weg zur Mülltonne begegne. Ihr langes blondes Haar trägt sie zum Kranz geflochten wie eine Krone auf dem Kopf. Das hat sie der Reichsfrauenführerin Scholz-Klink abgeschaut.

Unsere Wohnung ist vollgestopft mit prächtigen alten Möbeln, die die Gräfin aus dem Schloss mitgebracht hat. Auch ein Bechstein-Flügel steht da, aus dem Jahr 1912, als Bechstein noch Hoflieferant seiner Majestät des Kaisers und Königs in Berlin war. Auf dem Notenpult liegen Klaviervariationen von Mozart, eingemerkt sind die Variationen zu dem Lied »Ah! Vous dirai-je, Maman.« Ich versuche, sie zu spielen.

Es perlt nicht. Die Finger staksen zögernd. Aber die Gräfin lebt auf, macht tänzelnde Schritte. »Wie reizend«, sagt sie und drückt mir die Hand. Sie kann nicht anders als höflich sein.

Abends wird ihre Erinnerung wacher. Bruchstücke tauchen auf aus ihrer Jugend. Sie sieht sich am englischen Hof, an dem sie zur Hofdame erzogen wurde. Wie es dazu kam, kann sie nicht sagen. Fern von den Eltern, umgeben von kalter Pracht, hat es sie ständig gefroren. Sie zieht ihr schwarzes Wolljäckchen enger zusammen, wenn sie davon berichtet.

»Morgens kamen die Dienerinnen und stellten eine Wanne mit eiskaltem Wasser vor mein Bett. Gerade erst aufgewacht, musste ich hineinsteigen. Ich sollte lernen, meine Natur zu beherrschen, sagte die Erzieherin. Wer repräsentiert, kann nicht verschwinden.

Immer schwärmten sie von den Pferden. Ich konnte sie nicht lieben. Ich hatte Angst vor ihnen. Darum hasste mich der Reitlehrer. Unbarmherzig ließ er mich auf- und absteigen, ein dutzend Mal hintereinander. Kaum konnte ich mich im Sattel halten, setzte er mein Pferd in Trab. Und als ich schluchzte, knurrte er: ›Eine Lady beherrscht sich!‹

Alles was das Personal tat, durfte ich nicht tun. Dabei hätte ich so gerne gelernt, wie man den Tee kocht, ein Schnitzel brät, den Salat anmacht. Die Küche zu betreten war mir streng verboten. Ich habe es trotzdem versucht. Die Erzieherin hat mich dabei erwischt. Ich musste vor ihr niederknien und sie um Verzeihung bitten. Die halbe Stunde Spiel mit anderen Mädchen wurde mir für eine Woche gestrichen.«

»Von der Naturbeherrschung ist nicht viel übrig geblieben«, sagt Tante Guste ungerührt. Die Gräfin überhört es.

»Ich muss schauen, dass wir bei Kasse bleiben und nicht verhungern«, erklärt mir Tante Guste. »Ich hab' da den Bertami aufgetan. Er handelt mit Antiquitäten und hat Beziehungen zum Lebensmittelschwarzmarkt. Bohnenkaffee, Eier, Butter, Nudeln, Reis, du kannst alles bei ihm kriegen, aber nicht gegen Geld, nicht für die lausige Reichsmark. Alten Schmuck, alte Möbel, dafür kriegst du alles von ihm. Die Gräfin hat ja genug davon. Wenn ich's in Lebensmittel umtausche, tu ich's für sie.

Erben haben sich keine gemeldet. Kinder hat sie nicht. Manchmal faselt sie von einem Neffen in Schweden. Der werde sie bald besuchen. Aber der kommt nie. Er schreibt auch nicht. Sie weiß nicht einmal seine Adresse. Manchmal hält sie dich für den schwedischen Neffen, diesen ominösen Sven. Dabei siehst du eher wie ein Italiener aus mit deinen schwarzen Haaren.«

Diese dumme Geschichte mit dem schwedischen Neffen. Ich hätte mich nicht darauf einlassen sollen. Der Griesgram mit den dünnen grauen Haaren und dem Parteiabzeichen muss mich der Polizei gemeldet haben.

Ich seh' den Polizisten noch deutlich vor mir, mit seinem runden, hochroten Kopf und den abstehenden Ohren, auf denen der Tschako saß, jene merkwürdige, zylinderförmige Kopfbedeckung.

»Heil Hitler, Frau Rehle«, hör' ich ihn am Eingang rufen. »Heil Njer, Herr Hauptwachtmeister«, antwortet Tante Guste. Sie kennt ihn, den Herrn Obermiller. Sie kennt alle Leute in der Umgebung. Der ist so rundköpfig und wohlbeleibt im sechsten Kriegsjahr, weil er vom Nießlerhof stammt, sagt sie. Dort hamstert er Eier, Speck, Milch, Butter und Brot.

»Die Gräfin soll Besuch haben aus dem Ausland, einen Neffen aus Schweden«, hör' ich den Hauptwachtmeister sagen, während ich hinter der Wohnzimmertüre lausche.

»Wer erzählt denn den Unsinn?«

»Der Amtsrichter Rüsselbach. Der hat den Neffen selbst gesprochen.«

Jetzt fasse ich Mut und geh' aus der Deckung. »Der Schwede bin ich«, sag ich. »Das heißt, ich hab' ihn gespielt.«

Dann erzähl' ich die Geschichte, und dass ich die Gräfin nicht bloßstellen wollte. »Der Herr mit den sorgfältig gescheitelten grauen Haaren, den Sie den Amtsrichter Rüsselbach nennen, der sollte sie nicht für verrückt halten.«

»Dass die Gräfin spinnt, weiß im Ort doch jeder, der Rüsselbach allemal«, sagt der Hauptwachtmeister ungerührt. »Aber was den Rüsselbach am meisten aufregt: Du hast an unserem Endsieg Zweifel geäußert. Kein Schwede, wie sich jetzt herausstellt, nein, ein deutscher Hitlerjunge in HJ-Uniformhosen zweifelt am Endsieg. Da wird's eng!«

Ich muss dem Hauptwachtmeister klar machen, dass nicht ich gezweifelt, sondern dass ich einen Schweden gespielt habe, der am deutschen Endsieg zweifelt. Andernfalls hätte der Rüsselbach mir den Schweden nicht geglaubt.

Hauptwachtmeister Obermiller findet das kompliziert. Vor allem, wie er es im Protokoll ausdrücken soll, beunruhigt ihn. Das wird nicht ohne Konjunktiv abgehen.

Meine Tante redet ihm gut zu. Sie macht den Vorschlag, sich zuerst gemeinsam zu stärken. Sie habe da noch einen kostbaren alten französischen Cognac. Natürlich hatte sie ihn bei Bertami eingetauscht.

»Man steht nicht gut auf einem Bein«, sagt Tante Guste. Und sie leeren das zweite Glas. Ich muss zusehen. Ein Hitlerjunge trinkt keinen Alkohol.

Das mit dem Protokoll geht dann schnell. Tante Guste und der Hauptwachtmeister formulieren gemeinsam. Am Ende schreiben sie:

»Der Hitlerjunge Florian Abstreiter bedauert zutiefst, dass er aus Rücksichtnahme auf die verwirrte Gräfin zu Missverständnissen Anlass gab. Er versichert, dass er unerschütterlich vom Sieg der deutschen Waffen überzeugt ist. Unser Führer Adolf Hitler wird die Feinde in Ost und West vernichtend schlagen.«

Der Hauptwachtmeister und ich setzen unsere Unterschrift darunter.

»Vielleicht kann ich der Frau Rüsselbach gelegentlich einen Gefallen tun«, sagt Tante Guste. »Wo sie doch so gerne friedensmäßig frühstückt.«

»Da wird die Gräfin wieder ein Schmuckstück opfern müssen«, meint sie, nachdem der Hauptwachtmeister gegangen war. »Wie sollen wir sonst beim Bertami Bohnenkaffee, Honig und Butter ergattern? Geschieht ihr ja recht! Warum musste sie aus dir einen Schweden machen?«

Dieses Mal nimmt sie mich mit zum Bertami. Er wohnt in der Altstadt in einem Haus aus dem 16. Jahrhundert. Vielleicht war es früher eine Weinwirtschaft. Jedenfalls steigen wir in einen tiefen Keller hinab mit vielen Backsteingewölben. Alte Möbel stehen da herum, und in einem kleinen Raum, den wir durch eine verdeckte Tür betreten, lagern Lebensmittel auf Holzregalen.

Der Bertami schnauft schwer. Sein schwarzmarktgesättigter Bauch behindert ihn beim Gehen. Ständig wischt er sich mit dem Taschentuch über die von schwarzen Locken eingerahmte Glatze, auf der Schweißtropfen schimmern.

Tante Gustes Tauschobjekt hält er unter eine Hundertwattglühbirne. »Die Taube, die Taube!«, sagt er immer wieder.

»Kein Mensch will eine Taube im Armreif.«

Tante Guste hat aus der gräflichen Schatulle einen goldenen Armreif entnommen, der in der Mitte nicht etwa einen Rubin oder Saphir umschließt, sondern einen durchsichtigen Quarz, in den das Abbild einer weißen Taube auf blauem Grund eingelagert ist.

»Bertami, das ist der Heilige Geist«, sagt Tante Guste. »Die

Dame, die ihn bei sich trägt, steht unter dem Schutz des Herrn. Und wer könnte den nicht brauchen in unserer mörderischen Kriegszeit?«

»Die Metzgerin, von der ich die Schweinskoteletts und den Schinken ohne Marken krieg', will keinen Heiligen Geist, die will protzen mit einem Brillanten oder wenigstens einem Rubin!«

»Es muss ja nicht die Metzgerin sein«, meint Tante Guste. »Die Frau vom Kolonialwarenhändler Knödlein ist fromm und rennt noch immer jeden Sonntag in die Kirche. Die weiß den Heiligen Geist in Gestalt einer Taube zu schätzen.«

Schließlich lenkt Bertami ein. Es geht nur noch darum, ob wir neben einem Pfund Butter und zwei Gläsern Honig drei oder vier Pakete Bohnenkaffee à fünfhundert Gramm eintauschen. Der Heilige Geist reicht schließlich nur für drei Pakete.

Von der Schwedengeschichte hab' ich nichts mehr gehört. Entweder war es der Cognac für den Hauptwachtmeister oder der Kaffee für Frau Rüsselbach, der geholfen hat.

Jeden Donnerstagabend ist Tante Guste aus dem Haus. Sie besucht den Stammtisch, einen reinen Herren-Stammtisch. Der Apotheker gehört dazu, ein Notar, ein Anwalt, ein Zahnarzt, der evangelische und der katholische Pfarrer, ein Tierarzt, ein Geodät. Kein Lehrer, die sind alle bei der Partei. Tante Guste haben sie als Ehrenmitglied aufgenommen. Sie gilt insoweit als männlich. Nicht, dass sie übermäßig maskulin aussähe. Auf den ersten Blick wirkt sie eher mädchenhaft, heiter-naiv, obwohl sie im kommenden Jahr die sechzig erreicht. Das machen ihre runden, roten Bäckchen, von denen sie noch heute behauptet, ein Verehrer habe sie dereinst mit Aprikosen verglichen. Auch ist ihre leicht gerundete Stirn noch immer faltenlos und ihr sorgfältig onduliertes Haar trägt sie nicht grau, sondern aufgeblondet. Dennoch, die Herren schätzen sie nicht wegen ihrer gut konservierten Schönheit, es ist ihr unerschöpflicher Vorrat an Witzen, der sie zum Ehrenmitglied gemacht hat. Sie selbst behauptet, es seien, wenn sie alle Schubladen öffnet, ca. fünfhundert. Die aus der untersten Schublade sind bei den Herren besonders beliebt. Auch steigert sie den Effekt, wie mir der Apotheker erzählt, indem sie dergleichen heiter-naiv vorträgt, ohne röter zu werden als ihre Aprikosen-Bäckchen ohnehin sind.

Leider weigert sie sich konstant, mich an diesen Witzen aus der Tiefe teilhaben zu lassen. Die sind erst ab achtzehn zugelassen, speist sie mich ab. Mir erzählt sie Harmloses, aus der Kinderschublade. Dann gähne ich. Wenn sie ganz guter Laune ist, öffnet sie die politische Schublade für mich.

Ein Pfarrer, erzählt sie, predigt über das Thema: »Und die Lüge, sie hinket durch die Welt.« Die Gestapo vernimmt ihn. Er habe Goebbels verleumdet. Der Pfarrer reißt unschuldig-überrascht die Augen auf. »Ja, lügt Dr. Goebbels denn?«, fragt er, bekommt keine Antwort und darf wieder nach Hause geh'n.

Oder, einer von Tante Gustes Lieblingswitzen: Göring, der Uniformfetischist, betritt den Salon von Karinhall in der Uniform eines Reichsbahnstationsvorstehers. »Hermann«, ruft seine Frau erstaunt, »warum diese neue Uniform?«

»Hohe Frau, ich musste dringend einen fahren lassen«, gibt der Reichsmarschall Auskunft.

Am Donnerstagabend sitze ich mit der Gräfin allein im Wohnzimmer bis Tante Guste vom Stammtisch zurückkommt. Ich lese in Hesses »Steppenwolf«, den ich in der Bibliothek der Gräfin gefunden habe. Die Gräfin döst vor sich hin. Manchmal sagt sie unvermittelt ein paar Sätze, Bilder, die in ihrem gestörten Gedächtnis auftauchen und wieder verschwinden.

»Der Kaiser«, sagt sie, »der Kaiser ist kein feiner Herr. Nein, nein, er hat keine Manieren. Ich sitze ihm gegenüber an der Tafel. Jemand macht einen Scherz. Da lacht er laut und schallend. An der Tafel lacht er laut und schallend. Und nicht genug, er schlägt sich auf die Schenkel! Denk dir, Sven, in Gegenwart von Damen schlägt er sich auf die Schenkel! Nein, der Kaiser ist kein feiner Herr. Aber sag' es nicht weiter, Sven, sag' es nicht weiter!«

»Wilhelm II. ist vor drei Jahren im Exil gestorben«, wende ich ein.

»Ich sag' es ja«, gibt sie zurück. »Er hat keine Manieren, absolut keine Manieren. Auch mag er die Katzen nicht. Er mag keine Katzen.« Dann schweigt die Gräfin, döst vor sich hin und manchmal brabbelt sie leise.

Ich kann mich wieder dem »Steppenwolf« zuwenden. Von Hesse hab' ich noch nie etwas gehört. In unserem Deutschunterricht taucht er nicht auf. Ein ganz fremder Ton. Nicht mehr: Du bist nichts, dein Volk ist alles. Nein, du bist alles, Wolf und Mensch, Trieb und Geist, Ungezähmtes und Gezähmtes. Das Ungezähmte nehm' ich begeistert auf, fühlt sich doch das Pubertäre in mir erkannt und bestätigt. Schnell dring' ich vor, stoße auf Erotisches, auf Hermine und Maria, auf den Jüngling Pablo vom Saxophon, der den gehemmten Werwolf mit Opiumpfeifen in Schwung bringt, und eine Liebesorgie zu dritt vorschlägt. Eine ganz und gar fremde Welt für den Hitlerjungen Florian, die ich rotohrig verschlinge.

Immer wieder schiele ich dabei hinüber zur Gräfin, die in ihrem Armsessel döst. Wie nur kam sie zu diesem Buch, denke ich, sie, die sie Wilhelm II. unanständig findet, weil er sich in Gegenwart von Damen auf die Schenkel klopft? War es das Geschenk eines hinterlistigen Gastes, das sie nie gelesen hat? Oder ein Alterskauf des gräflichen Generals, der sich späten Lustgewinn versprach, den Werwolf in sich entdeckte?

Ich frage Tante Guste. Sie hat keine Ahnung. Hesse kennt sie nicht. Es seien viele komische Bücher in der gräflichen Bibliothek. Sie lese nur Klassisches. Schiller und Wilhelm Busch.

Wer Bescheid weiß, ist der Hauptmann. Bei schönem Wetter streicht er oft im Garten herum, in der Badehose, das Fernglas umgehängt. Ich sitze im Korbstuhl unter dem Kirschbaum und lese im »Steppenwolf«, repetiere interessante Stellen. Ich bin so vertieft, dass ich den Hauptmann nicht nahen höre. Plötzlich vernehme ich seine knarzende Stimme hinter mir.

»Was liest man denn Interessantes?«

Ich erschrecke, bin verlegen wegen der Stellen mit dem Jüngling Pablo vom Saxophon. Der Hauptmann greift herrisch nach dem Buch, schlägt die Titelseite auf.

»Nicht zu glauben«, sagt er. »Hesse! Kennst du Hesse?«

Ich verneine.

»Ein Vaterlandsverräter!«, schnarrt der Hauptmann. »Kehrt seiner deutschen Heimat den Rücken, siedelt in der Schweiz, wird gar schweizer Staatsbürger, ein Pazifist, der den ehrenhaften Kampf unseres Volkes in zwei Weltkriegen verabscheut, in den Schmutz zieht, ein psychopathischer Individualist, der schon in der Schule scheitert und bei Psychiatern landet, ein

Spinner mit buddhistischen Anwandlungen, der im Nirwana aufgehen will, statt in der Volksgemeinschaft zu gesunden, die wahre Einheit zu begreifen. Ein Volk, ein Reich, ein Führer! Gift ist dieses Buch für einen gesunden deutschen Jungen wie dich! Wo hast du es überhaupt her? Es darf in Deutschland schon seit 1939 nicht mehr gedruckt werden.«

»Aus der Bibliothek der Gräfin, die oben in meinem Turmzimmer steht. Ich hatte doch keine Ahnung, wer dieser Hesse ist!«, versuche ich den Hauptmann zu beschwichtigen.

»Schau einer an, die Gräfin! Was man so liest in Adelskreisen! Dekadent, heruntergekommen, nach außen heuchlerisches Gesäusel, und am Ende Gehirnerweichung! Das passt!«

Den Hesse mag er ja beschimpfen, denke ich. Dem tut das in der Schweiz nicht weh. Aber auf der alten Gräfin herumzutrampeln, finde ich fies.

»Die Gräfin«, stottere ich, »die Gräfin hat das sicher nicht ausgesucht oder gar gelesen, die Gräfin ist eine feine alte Dame, fein und gütig!«

Einen Moment ist der Hauptmann verdutzt. Dann findet er seine Empörung wieder.

»Gütige, feine alte Dame«, höhnt er. »Ist das das Leitbild eines Hitlerjungen im sechsten Kriegsjahr, in dem das deutsche Volk um seine Existenz kämpft gegen eine Welt von Feinden? Hart wie Kruppstahl sollt ihr sein, hat der Führer gesagt, und keine Waschlappen!

Wie hat doch unser späterer Reichsjugendführer Baldur von Schirach einst, im Kampf um die Macht, gedichtet?

»Volk ans Gewehr!«

Der Hauptmann nimmt Haltung an, steht aufrecht, das Kinn vorgereckt und beginnt zu deklamieren.

»In diesem Kampfe geht es nicht um Kronen und nicht um Geld!

Dies ist die Brandung einer neuen Welt, ein heil'ger Krieg um Freisein oder Fronen!

D'rum her zu uns! Hier stehn wir braunen Horden mit festen Fäusten, schwielenhart und schwer! Wir woll'n die Feinde deutscher Freiheit morden! Volk ans Gewehr!

Das ist die richtige geistige Kost für einen Hitlerjungen und nicht das dekadente Friedensgesäusel dieses Hesse! Ich konfisziere das Buch, und die restliche Bibliothek in deinem Turmzimmer, die werd' ich mir auch noch vornehmen!«

»Das Buch gehört nicht mir, das gehört doch der Gräfin«, wage ich einzuwenden. »Zumindest sollten Sie mit meiner Tante darüber sprechen!«

»Der werde ich schon Bescheid stoßen«, knurrt der Hauptmann, klemmt den Hesse unter den Arm und stapft ins Haus.

Am nächsten Tag mache ich wieder meinen Spaziergang mit der Gräfin. Der Herbst kündigt sich an, bläst Kälte aus dem Odenwald. Die Gräfin fröstelt. Ich lege ihr meine Jacke um die Schultern. Sie schüttelt sie verärgert ab. Es beginnt zu nieseln. Wir haben keinen Schirm. Ich versuche, die Gräfin in den nächsten Hauseingang zu ziehen. »Nicht dahin«, sagt sie. »Das ist nicht unser Weg.«

Dickköpfig stapft sie auf der Straße weiter, den Berg hinauf, bis sie tropfnass vor Tante Gustes Haustüre steht.

Am Abend beginnt die Gräfin zu husten. Es ist ihr peinlich. Sie hält ihr Taschentuch mit den gehäkelten Spitzen vor den Mund und versucht aus dem Husten ein Hüsteln zu machen.

Tante Guste braut Hustentee. In der Nacht ist der Husten nicht mehr zu überhören. Zuweilen schallt er bis in mein

Turmzimmer. Am Morgen holt Tante Guste Dr. Salbei. Der ist praktischer Arzt und Mitglied ihres Stammtisches. Als er das Stethoskop absetzt, schaut er ernst und bedeutend, als hätte er einen Richterspruch zu verkünden.

»Hört sich nach Lungenentzündung an«, sagt er. Dann kritzelt er ein Rezept. Viel scheint er von der Arznei nicht zu erwarten. »Sind Angehörige zu verständigen?«, fragt er.

»Sie hat keine Angehörigen«, bemerkt meine Tante.

»Und der?« Dr. Salbei deutet auf mich.

»Ist nur mein Neffe.«

Das »nur« ärgert mich. Wär' ich bedeutender, wenn ich Sven wäre, ein Neffe der Gräfin?

Die Arznei hilft nicht. Die Gräfin hustet, quält sich, ringt nach Luft.

Tante Guste wird nervös. »Weißt du, was passiert, wenn jemand ohne Erben stirbt, wenn kein Erbe zu ermitteln ist? Ich hab' den Rechtsanwalt Jäger vom Stammtisch gefragt. Es fällt alles an den Staat. Das Schloss sollen sie ja haben, mit allem, was noch drin ist. Den alten Kasten kann eh kein Privatmann unterhalten. Aber die Möbel, die die Gräfin mir ins Haus gebracht hat, das schöne Porzellan, das Silber, den Schmuck! Das alles soll der Staat hier abholen, mir die Sessel unterm Hintern wegziehen? Soll ich vielleicht verhungern, weil ich nichts mehr zum Eintauschen hab' beim Bertami?«

Ich versuche, Tante Guste zu beruhigen. Vielleicht können wir doch diesen Sven ausfindig machen, und uns mit ihm über die Möbel, den Schmuck und die Bücher einigen. Die Bücher betone ich nicht ohne Hintergedanken.

»Vergebliche Liebesmüh'«, sagt Tante Guste. Ich hab' längst alles versucht. Ich glaub' dieser Sven existiert nur in der Fantasie der Gräfin. Wir brauchen ein Testament. Anders geht das nicht.«

»Die Gräfin ist doch nicht testierfähig. Nicht einmal schreiben kann sie«, wende ich ein.

»Testierfähig!«, höhnt Tante Guste. »Der Salbei Toni lässt mich da nicht im Stich. Und beim Schreiben kann ich der Gräfin ja behilflich sein.«

»Mit solchen Fälschereien. will ich nichts zu tun haben!«, setze ich der Tante trotzig entgegen.

Dann fliehe ich aus dem Haus, schreite noch einmal den Weg ab, den ich täglich mit der Gräfin gegangen bin. Amtsrichter Rüsselbach und seine Frau kommen mir entgegen. Ich gehe auf die andere Straßenseite, schaue stur geradeaus. Dennoch ruft Frau Rüsselbach herüber: »Heil Hitler, junger Schwedenneffe!«, und lacht mir scheppernd hinterher.

Das Haus meiner Tante betrete ich leise. Gerne wäre ich ungehört in mein Turmzimmer hochgestiegen, um nachzudenken. Aber Tante Guste kommt mir im Flur entgegen, schwenkt triumphierend ein Papier. »Das hab' ich im Biedermeier-Sekretär der Gräfin gefunden«, ruft sie.

Ich lese: »Meine Möbel, mein Geschirr, meine Bücher und meinen Schmuck, die sich im Haus von Frau Auguste Rehle befinden, vermache ich Frau Rehle als Dank dafür, dass sie mich nach meiner Vertreibung aus dem Schloss in ihrem Haus betreut hat.«

Nach dem eingesetzten Datum wäre das Testament ein Jahr alt. Ich glaube das nicht.

»Du lügst«, wage ich Tante Guste entgegenzusetzen. »Das Testament hast du heute geschrieben, der Gräfin die Hand geführt.«

»Florian«, verkündet die Tante und schaut so streng wie noch nie,» wenn du das noch einmal behauptest, verlässt du morgen mein Haus und betrittst es nie wieder!«

Ich erschrecke, schlucke meine Angst und meinen Ärger hinunter und gehe schweigend in das Schlafzimmer der Gräfin. Viele Kissen im Rücken sitzt sie fast aufrecht im Bett. Ihr Kopf zittert, als könnte der dünne Hals ihn nicht mehr halten. Ihre Finger fahren unruhig über die Bettdecke. Ich setze mich daneben und fange ihre linke Hand ein, nehme sie in meine rechte. Ich sehe die vielen braunen Altersflecken und die dicken blauen Adern, die wie Würmer über den Handrücken kriechen.

Mit meiner linken Hand streichle ich ganz sacht darüber. Die Gräfin hält ihre Augen halb geschlossen. Für einen Moment dreht sie ihren Kopf mir zu. Sie versucht, etwas zu sagen. Ich meine, den Namen Sven zu verstehen. Auch, dass sie von Schweden spricht. Und nach einer langen Pause höre ich deutlich das Wort Majestät. Auch lächelt sie dazu und versucht den Kopf zu neigen. Dann aber sinkt sie erschöpft zurück. Ich halte ihre Hand noch eine ganze Weile. Sie zittert nicht mehr.

Dann rufe ich nach Tante Guste. »Die Gräfin ist erlöst«, sagt sie. Dr. Salbei, eilends gerufen, bescheinigt es amtlich.

Was dann ausbricht, sind die Geschäftigkeiten der Entsorgung. Ich beteilige mich nicht, schließe mich oben in meinem Turmzimmer ein.

Am Grab möchte ich schon stehen. Tante Guste meint, in den kurzen HJ-Hosen sei das nicht schicklich. Beim Bertami tauscht sie lange schwarze Röhren für mich ein.

Der Männer-Stammtisch kommt vollzählig zur Beerdigung. Auch viele Bürger sind da, die die Gräfin auf ihren

Spaziergängen mit »Grüß Gott« gegrüßt haben. Den Hauptmann sehe ich nicht, auch nicht den Amtsrichter Rüsselbach mit seiner Gattin.

Dem Pfarrer habe ich kaum zugehört. Was kann er mir schon verraten von der Gräfin, was ich nicht weiß? Ihre Mildtätigkeit hat er erwähnt, dass sie Arme nicht sehen konnte, ohne ihnen Geld zuzustecken, das sie bei sich trug.

»Das hab' ich unterbunden«, sagt mir Tante Guste nachher. Ich konnte ihr kein Geld mehr mitgeben, sonst wären wir arm geworden.

Wie das mit dem Testament ausging, weiß ich nicht. Jedenfalls schickte mir Tante Guste drei Monate später zwei Kisten mit Büchern aus der Bibliothek der Gräfin. Der »Steppenwolf« war nicht dabei.

## Der Kriegsgerichtsrat

Eigentlich war er mir nicht unsympathisch, dieser Onkel Wilhelm, obwohl er so gar nichts Lockeres an sich hatte, und meine Generation schon die Coolness liebte. Er war auf Würde bedacht, kämmte sein dünnes weißes Haar sorgfältig gescheitelt, trug hellblaue Hemden mit Button-down-Krägen, dazu eine dunkelblaue Strickjacke, und saß immer aufrecht, als würde er Recht sprechen.

Dies war auch sein Beruf gewesen. Zuletzt Senatspräsident am Oberlandesgericht, nun schon seit acht Jahren in Pension, als ich ihn des Öfteren besuchte. Das Studium der Physik hatte mich an seinen Wohnort, nach München, gebracht. Wenn ich knapp bei Kasse war, nahm ich sein Angebot an, bei ihm zu Abend zu essen. Seine Frau war vor zwei Jahren gestorben. Er beschäftigte eine Haushälterin, eine Witwe um die sechzig, deren Redebedürfnis unterentwickelt war, sodass er sie als angenehm empfand. Selbst zu kochen, oder gar zu waschen und zu bügeln, weigerte er sich. Es hätte nicht zu seinen sorgfältig gekämmten Haaren gepasst.

Die Schwierigkeit war, über was wir uns unterhalten sollten. Mein Physikstudium interessierte ihn nicht. In der Tagespolitik hatten wir zu unterschiedliche Meinungen. Er war bürgerlich liberal und liebte die Ordnung. Ich hatte noch anarchistische Sympathien. Da führten Diskussionen nicht weiter. Immerhin reagierte er auf meine chaotischen Leidenschaften nicht aggressiv, auch nicht spöttisch-herablassend. Er lächelte nur milde, wobei sein Lächeln etwas gewinnend Liebenswürdiges hatte. Auch meinte er, unsere unterschiedlichen Standpunkte seien altersabhängig. Nur Dumme glaubten auch noch im Alter, man könne einen neuen Menschen schaffen.

Um die Zeit zu füllen, spielten wir des Öfteren Schach. Er tat es mit System, hatte mindestens ein Dutzend Eröffnungen im Kopf. Ich spielte nach eigenem Gutdünken, systemlos, was ihn zunächst ratlos machte, weil keine der gängigen Erwiderungen passen wollte. Auf die Dauer aber siegte das System und seine leichten Siege begannen ihn zu langweilen.

Da fiel mir eine Bemerkung meines Vaters ein, sein Bruder, Onkel Wilhelm, sei während des Krieges Richter bei der Wehrmacht gewesen. Ich war bei Kriegsende zehn Jahre, hatte also die Nazizeit und damit auch den Krieg nur aus der Perspektive eines Kindes erlebt, und die ist unkritisch.

Nach dem Krieg konnte ich einiges über Kriegsgerichte lesen. Da gab es Todesurteile am laufenden Band, auch noch in den letzten Kriegstagen, herzlos, barbarisch. Onkel Wilhelm mit seinem liebenswürdigen Lächeln und diese Barbarei, wie sollte das zusammenstimmen? Ich wollte es erfragen, vorsichtig, um die kostenfreien Abendessen nicht zu gefährden.

»Onkel Wilhelm«, sagte ich, »von meinem Vater hörte ich, du seist im Zweiten Weltkrieg beim Kriegsgericht gewesen. Wie hat es dich denn dahin verschlagen? Der Nazipartei bist du, wie ich weiß, nicht beigetreten, und Hurra wirst du nicht geschrien haben, als Hitler wieder die Kanonen donnern ließ. Warum also Kriegsrichter?«

»Da muss ich länger ausholen«, erwiderte der Onkel, »damit du mich verstehst, soweit deine Generation meine Generation überhaupt verstehen kann.

1914 war ich Student, wie du jetzt, nur unbeschwerter, sorgloser, ohne Zukunftsängste. Verbindungsleben, Feiern, Bechern, Tanzen, Singen, Jubel auch noch, als man zu den Fahnen eilte, wie es poetisch hieß. Dann der Fronteinsatz in Frankreich, Artilleriebeobachter vorne im Schützengraben, neben der Infanterie, an der Somme, vor Verdun, Tage, Wochen im Trommelfeuer, neben mir, hinter mir, vor mir zerfetzte Leichen, schreiende Verwundete. Zweimal hab' ich selbst Granatsplitter eingefangen, eine Erlösung, weil ich ins Lazarett durfte. 1918 war ich Leutnant der Reserve, der froh war, noch zu leben, die Uniform auszog und auf die große juristische Staatsprüfung büffelte.

Und dann ging das 1939 wieder los. Nur war ich jetzt fünfundvierzig Jahre und hatte für meine Frau und drei Kinder zu sorgen. Schon am ersten Kriegstag erhielt ich den Einberufungsbefehl. Ich hatte eine Munitionskolonne zu führen, die auf pferdebespannten Heuwagen Munitionskisten hinter der Truppe herfuhr. Wären wir unter Beschuss oder in einen Bombenangriff geraten, von den Heuwagen und den Fuhrknechten wäre nicht viel übrig geblieben. Aber die Franzosen waren 1940 kriegsmüde und ließen uns unbeschossen über ihre Landstraßen ziehen.

Ich wusste, so würde es nicht weitergehen. Hitler wollte Europa beherrschen, und mit Munitionskisten durch ganz Europa zu kutschieren, erschien mir nicht lustig. Im Urlaub traf ich einen Kollegen, der war Heeresrichter. ›Bist du blöd‹, sagte er, ›lässt dich als Frontoffizier totschießen. Die Militärjustiz sucht Richter. Du wirst Kriegsgerichtsrat der Reserve und sitzt beim

Divisionsstab, immer in der Nähe des Generals. Generäle sind noch selten den Heldentod gestorben. Deine Chancen, den Krieg zu überleben, steigen gewaltig. Überdies arbeitest du in deinem erlernten Beruf und pinselst Urteile, statt Munitionskisten herumzufahren.‹

Das hat mir eingeleuchtet und meiner Frau noch mehr. So wurde ich Kriegsgerichtsrat, woran mich nur die erste Silbe störte, denn Gerichtsrat, Amtsgerichtsrat oder Landgerichtsrat, bin ich auch schon im Zivilleben gewesen. Das klang nach beamtenmäßiger Korrektheit.«

»Du wurdest Kriegsrichter, um deine Haut zu retten. Das versteh' ich gut«, stimmte ich dem Onkel zu, um dann aber doch vorsichtig Bedenken anzumelden, ohne die begehrten Abendessen aus dem Auge zu verlieren.

»Um welchen Preis, frag' ich mich. Ich betrachte das ja alles aus weiter Ferne und sicher sehr theoretisch. Aber musstest du da nicht zwangsläufig Teil eines Machtapparats werden, der diese Kriegs- und Unterdrückungsmaschine mit brutalen Mitteln am Laufen hielt?«

Onkel Wilhelm war nicht schockiert. Er setzte mir vielmehr sein liebenswürdig-mildes Lächeln entgegen.

»Teil dieses Machtapparats waren wir alle«, sagte er. »Soldaten, Polizisten, Rüstungsarbeiter, Straßenbauer, Finanzinspektoren, Gerichtsschreiber; es sei denn, wir leisteten Widerstand, um am Fleischerhaken zu enden. Den Mut, ich gebe es zu, hatte ich nicht.«

Ein wenig wollte ich mich schon noch vorwagen in Onkel Wilhelms dunkle Vergangenheit. »Finanzinspektor oder Kriegsrichter, einen Unterschied würde ich da doch machen. Der eine trieb die Steuern ein für das Kriegsgeschäft, der andere konnte vom Leben in den Tod befördern, wenn sich ein Soldat dem Kriegsdienst entziehen wollte.«

»Vom Leben in den Tod befördern, das macht doch wohl das Wesen des Krieges aus«, sinnierte der Onkel. »Da haben Kriegsrichter gewiss nicht den größten Beitrag geleistet. Übrigens muss ich dich enttäuschen, an dem großen Gemetzel war ich nicht beteiligt. Nicht mein Verdienst, Zufall oder Schicksal, wenn du so willst. In den Divisionen, in denen ich zu urteilen hatte, blieben alle ›bei der Fahne‹. Was meine Landser verbrachen, war nicht einmal in der Nazizeit todeswürdig. Diebstahl, Trunkenheit im Dienst, Sexualdelikte, unerlaubte Entfernung von der Truppe für ein paar Stunden, Sachbeschädigung und ähnliches. In den letzten Wochen des Krieges, als die Fahnenflucht zur Massenbewegung wurde, war ich nicht mehr dabei. Auf dem Rückzug durch Norditalien hatte ich mir eine Hepatitis geholt. Einundfünfzig Jahre alt, mit geschwollener Leber, wollte mich die Wehrmacht nicht mehr behalten und schickte mich im Februar 45 nach Hause.«

»Ich seh' schon«, sagte ich, »du hast nichts Aufregendes zu bieten. Da darf ich mich artig bedanken, den letzten Schluck auf dein Wohl trinken und dir – es ist 23 Uhr – die Nachtruhe gönnen.«

Onkel Wilhelm ging auf diesen Abschiedsversuch nicht ein, schwieg, erhob auch sein Glas nicht, und sah durch mich hindurch, als könnte er hinter mir etwas erkennen, was ihn beunruhigte. Vielleicht hat er doch etwas zu viel von dem Chianti classico getrunken, dachte ich.

»Ganz so harmlos war ich nun doch nicht«, sagte er schließlich, langsam und versonnen, als rede er mit sich selbst.

»Da gibt es den Fall des Bannführers Trautenbein. Weißt

du, was ein Bannführer war? Ein hohes Tier in der Hitlerjugend. Der befehligte einige tausend Hitlerjungen. Aber das war der Zivilberuf des Herrn Trautenbein. Im Krieg hatte er es zum Oberleutnant der Reserve gebracht und zum NS-Führungsoffizier. Der hatte die Aufgabe, der Truppe nationalsozialistische Gesinnung beizubringen, ihr den Glauben an den Führer und an den Endsieg einzuimpfen. Übrigens habe ich Trautenbein nach dem Krieg wieder getroffen. Da war er Versicherungsvertreter. Aber dazu später.

Wenn ich ehrlich bin, ich hasste diesen Trautenbein. Er tauchte des Öfteren im Generalstab auf und drosch auch da seine Phrasen. Es ging der Truppe nicht gut, im Frühjahr 1944 an der Ostfront. Die Soldaten lagen im Dreck des beginnenden Tauwetters, und die Russen rannten Tag für Tag gegen unsere Linien. Oberleutnant Trautenbein berührte das nicht. Seine Stiefel musste der Bursche täglich wienern. Sie glänzten, als gälte es zur Siegesparade anzutreten. Seine Haare wurden regelmäßig von einem Unteroffizier geschnitten, der im Zivilberuf als Friseur arbeitete. Sie waren von einem kerzengeraden Scheitel durchzogen und gebändigt durch fettig glänzende Brillantine. Auf seinem Waffenrock saß kein Stäubchen. Die Brusttasche zierte das Kriegsverdienstkreuz erster Klasse mit Schwertern, das bezeugte, dass er sich auf andere Weise als durch Heldentaten um den Krieg verdient gemacht hatte.

›Wir werden siegen, weil wir siegen müssen!‹, hörten wir von ihm. ›Der Führer erwartet, dass wir keinen Meter vor den bolschewistischen Horden zurückweichen! Wunderwaffen von unvorstellbarer Zerstörungskraft sind in Vorbereitung. Das Ende des Krieges wird grausam sein, aber der Endsieg ist unser!‹

Den Russen gelang der Durchbruch. Wir hatten hohe Verluste. Der Generalstab setzte sich weiter nach Westen ab, Oberleutnant Trautenbein tauchte nicht mehr bei uns auf. Ich hörte, er sei anstelle eines gefallenen Hauptmanns als Kompanieführer eingeteilt worden. Dann wieder erreichte uns die Nachricht, Trautenbein liege verwundet im Lazarett, Durchschuss am Oberschenkel.

Eine Woche später stand er als Angeklagter vor mir. Das heißt, ich ließ ihn sitzen. Ich bin ja kein Sadist. Schon der Stabsarzt hatte ihm die Selbstverstümmelung auf den Kopf zugesagt. Das war keine Verwundung durch ein russisches Sturmgewehr. Der Schuss wurde aus der Nähe mit einer deutschen Offizierspistole abgegeben. Sorgfältig war die Pistole so angesetzt, dass nur eine Fleischwunde entstand, der Oberschenkelknochen also nicht beschädigt wurde. Die Sanitäter hatten Trautenbein überdies an einer Stelle gefunden, die nicht unter russischem Beschuss gelegen hatte.

Angeklagt wegen Selbstverstümmelung, leugnete Trautenbein nicht mehr. Wie er so vor mir saß, wirkte er kleinlaut, seine einst schneidige Stimme klang weinerlich. Die Nerven hätten versagt, entschuldigte er sich. Das Jaulen der Stalinorgeln, das »Urrä! Urrä!«-Geschrei der anstürmenden Russen, er habe es nicht mehr ausgehalten und sei einfach ausgerastet. Schwache Nerven habe er schon immer gehabt. Schon als Kind sei er wegen seiner Schreckhaftigkeit aufgefallen.

Mitleid wollte in mir nicht aufkommen. Im Gegenteil, ich genoss es, Trautenbein seine Phrasen von gestern vorhalten zu können. Er, als NS-Führungsoffizier und HJ-Bannführer hätte seinen Soldaten ein Vorbild sein müssen an Tapferkeit und Selbstdisziplin. Stattdessen habe er sie feige im Stich gelassen.

Der Ankläger, Hauptmann der Reserve, im Zivilberuf Apotheker, ein nüchterner Biedermann, beantragte die Todesstrafe. Strafschärfend berücksichtigte er die Vorbildfunktion Trautenbeins als NS-Führungsoffizier. Ich schloss mich seiner Auffassung an und verkündete das erste und einzige Todesurteil meiner Kriegsrichterzeit. Zu meiner Schande muss ich bekennen, ich empfand auch noch eine gewisse Genugtuung, als ich das Entsetzen in Trautenbeins Augen sah.«

Es ging auf Mitternacht zu. Ich war müde und gereizt. Künftige Abendessen bei Onkel Wilhelm erschienen mir nicht mehr so verlockend, um Zurückhaltung zu wahren.

»›Sine ira et studio‹ zu richten, ist das nicht so ein eherner Grundsatz der Juristen?«, fragte ich. »Galt der nicht für Kriegsrichter? Zugegeben, ein Ekel ist dieser Trautenbein wohl gewesen und ein Feigling obendrein, aber musste er deshalb sterben? Wollte man alle Ekel und Feiglinge umbringen, die Erde würde entvölkert.

Was hat er denn getan, dieser Trautenbein? Er wollte nicht den Heldentod sterben und hat sich daher einen Lazarettplatz erschwindelt. Durchaus vernünftig, würde ich sagen. Nicht einmal den Nazis hat er damit geschadet. Die hätten den Krieg auch verloren, wenn Trautenbein ein Held gewesen wäre. Ich denke, das Militärgesetzbuch ließ doch wohl eine mildere Strafe zu. Ein Leben im Militärgefängnis wäre hart genug gewesen für den Mann, würde ich sagen.«

Onkel Wilhelm öffnete bedächtig eine zweite Flasche Chianti. Zornig schaute er mich nicht an, eher mit dem milden Tadel des Abgeklärten.

»Ich sag' es ja immer«, brummelte er schließlich, nachdem er mir zugeprostet hatte, »keine Generation versteht die vorhergehende. Auf der einen Seite die Nazis, die ich nicht mochte, auf der anderen die Sowjettruppen Stalins, unter deren Herrschaft man auch nicht kommen wollte. Wo war Widerstand, wo Loyalität gefordert? Keine Armee der Welt duldet ihre eigene Auflösung durch Fahnenflucht oder Selbstverstümmelung. Einen Vorwurf nehme ich an. Ich habe nicht vorurteilslos, sondern im Zorn gerichtet. Ich wollte den Nazi-Spruchbeutel treffen, dem ich nicht gönnte, dass er dem Tod davonlief.

Er hat es dann aber doch geschafft, mit Hilfe unseres Generals. Der wandelte die Todesstrafe um in eine Freiheitsstrafe. Wie mir der Ordonanzoffizier später erzählte, kam ein Anruf aus Berlin, vom Amt des Reichsjugendführers. Trautenbein hatte dort wohl noch einen guten Freund sitzen.«

Der Chianti setzte mir zu. Ich verlor meine Beißhemmung gegenüber dem Richteronkel.

»Onkel Wilhelm«, spottete ich, »du wolltest einen bösen Nazi umbringen. Hätte dich dieser feige General nicht daran gehindert, du wärst ein erfolgreicher Widerstandskämpfer geworden.«

Onkel Wilhelm schüttelte meine Bemerkung mit einer Handbewegung ab, als wollte er eine lästige Fliege verscheuchen.

»Ihr jungen Leute«, sagte er, »ihr kennt nur Schwarz oder Weiß. Aber das Leben ist bunt, so bunt, dass es auch ein alter Richter nur schwer ordnen kann. Mitternacht ist vorüber, aber zur Strafe musst du jetzt die Geschichte vom Bannführer Trautenbein noch zu Ende anhören.

Wie gesagt, ich hab' Trautenbein wieder getroffen, nach dem Krieg vor einem Tengelmann-Laden in München. Plötzlich hörte ich eine männliche Stimme schräg hinter mir, als ich den Laden verließ. ›Grüß Gott, Herr Kriegsgerichtsrat‹. Er sagte den Titel laut und deutlich. Einige Passanten stutzten, sahen mich erschrocken an. Trautenbein versperrte mir den Weg, grinste mir ins Gesicht. ›Sie werden ihre Toten nicht los, Herr Kriegsgerichtsrat‹, bemerkte er jetzt wenigstens etwas leiser.

»Lassen Sie den Unsinn, Herr Bannführer!«, zischte ich zurück.

Endlich mit seinem Richter unter Gleichen zu reden, dieses Vergnügen könnte ich ihm doch nicht vorenthalten, meinte er dann und schlug vor, in ein Café auf der anderen Straßenseite zu gehen. Ich traute mich nicht nein zu sagen, weil ich weiteres Aufsehen auf der belebten Straße vermeiden wollte. So saßen wir uns gegenüber in einer stillen Ecke des Cafés.

Trautenbein schien es gut zu gehen. Seine schwarzen Haare waren modisch kurz geschnitten, ein Stiftenkopf ohne Scheitel. Er trug eine englische Sportjacke, dunkelbraun mit eingewebtem dezenten Karomuster. Seine Selbstverstümmelung und der General hätten ihm das Leben gerettet, meinte er. Das Leben im Militärgefängnis sei zwar kein Honigschlecken gewesen, aber ans Leben wollte ihm dort niemand. Seine Berliner Beziehungen hätten ihm schließlich zu einem Job in der Gefängnisbibliothek verholfen. Jetzt betreibe er eine Versicherungsagentur. ›Erfolgreich, kann ich Ihnen sagen. Reden hab' ich ja gelernt.

Ihnen hat die Kriegsrichterei auch nicht geschadet‹, fügte er hinzu. ›Man sieht es, Sie sitzen wieder auf dem Richterstuhl.‹

›Ich hab' mir nichts zuschulden kommen lassen, mich immer an Gesetz und Recht gehalten‹, gab ich zurück.

›Gesetz und Recht‹, äffte er mich nach. ›Und wenn der nächste Diktator kommt und die Todesstrafe wieder einführt, würden Sie wieder kommandieren Rübe ab! Übrigens, glauben Sie an ein Weiterleben nach dem Tod? Das muss man doch für sich geklärt haben, ehe man jemand dazu verurteilt, tot zu sein. Rübe ab, und im Jenseits wird sie einem wieder aufgesetzt, das ist ja nicht so schlimm. Vielleicht wird man beim Jüngsten Gericht rehabilitiert und lebt fortan im Paradies. Aber, wenn man das alles für ein Märchen hält, wenn man glaubt, nach dem Tod ist nichts, absolut nichts, nur Verwesung, dann ist der Tod mit fünfundzwanzig Jahren ein verdammt hartes Urteil, kann ich Ihnen sagen.‹

Danach machte er eine Pause, als erwarte er eine Antwort von mir. Ich hatte aber keine Lust, diesem Menschen Rede und Antwort zu stehen über meinen Glauben oder Unglauben, umso weniger, als er sich vor seiner Begegnung mit mir offensichtlich Mut angetrunken und auch jetzt zum Kaffee einen Kognak gekippt hatte.

›Ich werd's Ihnen sagen‹, fuhr er schließlich fort. ›Ich glaub' das Märchen nicht. Einfach lächerlich, Billionen von Menschen sind schon krepiert, und die alle sollen wieder aus ihren Gräbern krabbeln, und der liebe Gott, der das ganze Weltall mit seinen Milliarden und Abermilliarden Planetensystemen dirigiert, soll sich darum kümmern, was diese kleinen Krabbler in ihrem Leben getrieben haben, ob sie brav oder bös waren?

Absurd ist das. Das kommt mir vor, als ob wir über das Seelenleben der Ameisen zu Gericht säßen.

Wir haben nur ein Leben, Herr Kriegsgerichtsrat, danach kommt nichts mehr. Und darum sag' ich: So lang wie möglich und so angenehm und freudenvoll wie möglich! So hab' ich's immer gehalten. D'rum hab ich lieber die Hitlerjungen kommandiert als mich kommandieren zu lassen und mir lieber den Oberschenkel durchschossen als den Heldentod zu sterben, und jetzt schwätz' ich den Leuten lieber unnötige Versicherungen auf als in Armut zu leben.

Und Sie, Herr Gerichtspräsident, oder was Sie jetzt sind, Sie machen's doch nicht anders. Sie sitzen auf dem bequemen Richterstuhl und verdonnern die armen Sünder, ob im Namen der Weimarer Republik, im Namen der Nazi-Diktatur oder im Namen der Bundesrepublikanischen Demokratie, das ist Ihnen schnurzegal, wenn Sie nur im Beamtenverhältnis auf Lebenszeit Ihr sicheres Auskommen haben und Ihre fünfundsiebzig Prozent Pensionsberechtigung!‹

Erst hab' ich mir überlegt, ob ich nach so massiven Beleidigungen nicht wortlos aufstehen und gehen sollte. Aber dann hat es so in mir gekocht, dass es übersprudelte und ich die Worte nicht zurückhalten konnte.

›Ein Opportunist wie Sie‹, sagte ich, ›bin ich nie gewesen. Den Anstand der Karriere opfern, das kam für mich nicht in Frage. Die Nazis hab' ich gehasst, und ich bin ihrer Partei auch nicht beigetreten. Nie haben die mich befördert, aber oft haben sie mich angegriffen. Wo ich auch hingestellt wurde, hab' ich so gehandelt, dass ich die Achtung vor mir selbst behielt, dass ich in den Spiegel schauen konnte, ohne mich schämen zu müssen. Und ich hab' mich auch nicht geschämt, als ich Sie, den Schamlosen, zum Tod verurteilte.‹

Das mit dem Todesurteil hätte ich nicht sagen sollen, weil ich es damals im Zorn gefällt habe, und dies heute noch als Makel empfinde. Aber der Zorn hat mich ein zweites Mal gepackt und ich musste diesem Menschen entgegenschleudern, dass ich nichts mit ihm gemein habe.

Trautenbein konnte mir nichts mehr erwidern. Ich bin aufgesprungen, an die Theke geeilt, habe unsere beiden Zeche bezahlt und das Lokal im Eilschritt verlassen. Trautenbein bin ich nie mehr begegnet.«

Inzwischen war es zwei Uhr nachts geworden. Ich hatte keine Lust mehr, irgendetwas Schlaues zum Fall Trautenbein zu bemerken. Ich hab' mich einsilbig von Onkel Wilhelm verabschiedet. Straßenbahnen und Omnibusse fuhren nicht mehr. Onkel Wilhelm bot mir auch nicht an, ein Taxi zu bezahlen. Vielleicht ärgerte er sich über meine Schweigsamkeit. So lief ich eine Dreiviertelstunde durch die kalte, klare Nacht und mein müdes Hirn wiederholte immer wieder den Satz: »Rübe ab, und im Jenseits wird sie einem wieder aufgesetzt.«

# Karl im Glück

Sein Kopf erinnerte mich an Hindenburg. Das dichte weiße Haar kurz zu Stiften geschnitten, unter der Nase ein altmodisch lang gezogener Schnurrbart, die Enden nach oben gezwirbelt. Er saß allein auf der Eckbank am schweren Eichentisch, der als Stammtisch ausgewiesen war, vor sich ein Glas mit fränkischem Weißwein. Sicher war es nicht das erste. Dazu hatten sich seine rundlichen Backen schon zu sehr gerötet.

Er und ich waren die einzigen Gäste in der fränkischen Weinstube. Ich hatte ihm freundlich einen guten Abend gewünscht. Seine Antwort blieb, für mich unverständlich, in seinem Schnauzbart hängen. Ich tat mich auch später schwer, seinen unterfränkischen Dialekt zu verstehen. In Oberbayern ansässig und im Schwäbischen aufgewachsen, bin ich ihn nicht gewohnt. Jedem Dilettantismus abgeneigt, will ich nicht versuchen, ihn nachzuahmen, es sei denn, der eine oder andere Ausspruch ist mir noch sicher im Ohr. Auch war seine Erzählweise stockend und voller Umschweife, sodass ich öfter in eigenen Worten zusammenfassen werde, was sich in fränkischer Gemütlichkeit ausbreitete.

Als mich die Kellnerin fragte, was sie mir zu trinken bringen dürfe, mischte sich der Schnauzbärtige ein und empfahl mir den »Iphöfer Silvaner«, den er selbst vernehmbar schlürfte.

Ich bedankte mich, folgte seinem Rat und prostete ihm schließlich zu. So kamen wir uns näher.

»Setz dich doch rüber zu mir!«, meinte er schließlich. »Dann muss ich net so laut schreien. Die andern vom Stammtisch kommen heut' eh nicht. Die müssen Fußball schau'n im Fernseh'n. Mich interessiert das wenig, wie die hinterm Ball herrennen.«

So nahm ich mein Glas und setzte mich zu ihm auf die Eckbank. Wo ich herkomme, wollte er wissen.

»So, aus München, wo se regier'n. An die Franken denken se da wenig.«

»Eben deshalb hat mich meine Zeitung nach Franken geschickt, um über fränkisches Kulturleben zu berichten«, erklärte ich ihm. »Gestern war ich in Sommerhausen und hab' das Torturmtheater besucht, und heut' bin ich in Ochsenfurt gestrandet, Getriebeschaden an meinem alten VW.«

»Theater gibt's hier net. Bloß ne Zuckerfabrik«, brummte der Alte, der mir anbot, ihn Karl zu nennen. »Karl Waldmann. Aber Karl langt schon.«

Bis 1945 habe er in Würzburg gewohnt. Kultur jede Menge, eine Residenz, schöner als die in München. Aber dann haben die Bomben alles zerstört, seine Wohnung, seine Möbel, alles verbrannte. In Ochsenfurt wurden ihm und seiner Frau zwei Zimmer zugewiesen, zwei kleine Zimmerle unterm Dach.

»Drei Jahre ist meine Marie jetzt schon tot. Vor'm Jahr haben sie mich ins Altersheim gesteckt. Aber jeden Abend bin ich hier am Stammtisch bei meim Schöppla und manchmal, wie heut', werden's zwei.«

Ich bot ihm ein drittes an, ausnahmsweise, weil wir so gemütlich zusammensaßen.

Da wurde er redselig. Immer drehte es sich um seine Marie.

Sein ganzes Leben hat er sie verehrt, ihr gedient, und jetzt nichts mehr, nur noch das Schöppla und manchmal zwei.

Achtzehn war er, als er sich in sie verliebte, und sie sechzehn. Aussichtslos haben alle gesagt im Dorf. Er, der Sohn vom kleinsten Gurkenbäuerle, ein paar Felder »Gochsheimer Kümmerli«. Sie die Tochter vom Bürgermeister, Rittergutsbesitzer am Dorfrand, ein Gutshof wie ein Schloss, umgeben von hohen Mauern, in die niemand eindringen konnte, es sei denn, der Gutsherr hielt ihn für standesgemäß.

Karl mit den »Gochsheimer Kümmerli« gab nicht auf. Beim Dorffest auf dem Tanzboden durfte ihn die Marie nicht abweisen, auch wenn der Bürgermeister schief schaute. Tanzen konnte der Karl, sich im Walzer drehen wie der Teufel, dass die Mädchen in seinen Armen flogen und juchzten vor Freude. Die Marie war da rasch gewonnen, aber der Bürgermeister nicht.

Da musste Karl aufs Ganze gehen, die Festung stürmen. Die Mauer war kein Hindernis. Innen jedoch patrouillierte nachts der Hund, eine schwarze, kräftige Dogge. Zwei Paar fränkische Bratwürste genügten, um aus dem zähnefletschenden Ungeheuer einen schwanzwedelnden Untertanen zu machen, der Karl in Ruhe ließ, als er an dem kräftigen Birnbaum hochkletterte zum weit geöffneten Fenster der Jungfrau. Die Erfolgsmeldung kam einige Wochen später in einem Brieflein, das der pfiffige Knecht Joseph zustellte. Die Marie war in anderen Umständen.

Das brachte den Bürgermeister in eine Zwangslage. Abtreibung kam für den ehrsamen Amtsträger im Königreich Bayern nicht in Frage, eine Tochter als ledige Mutter auch nicht. Also musste er Karl, das windige Gurkenbäuerlein in die Rittergutsfamilie aufnehmen.

Karl lieh sich einen schwarzen Gehrock im Pfandhaus und einen Gocks dazu, schnitt einen Blumenstrauß im Vorgarten seiner Mutter und marschierte so aufrechten Gangs durch das Hoftor des Ritterguts, wo er um die Hand der Bürgermeisterstochter anhielt. Der Bürgermeister und seine Gattin wahrten die Form. Kein Wort über die Umstände, die andere waren, kein Wort über das Erklettern des Birnbaums, die Bestechung der Dogge.

»Wenn unsere Marie meint, mit dir glücklich zu werden«, sagte der Bürgermeister, »so wollen wir ihr nicht im Wege stehen.«

Karl hätte sich eine große Verlobungsfeier vorgestellt. Das ganze Dorf sollte eingeladen werden, um seinen Triumph zu bestaunen. Der Bürgermeister wollte nicht. Es blieb bei einer kleinen Familienfeier mit Maries Geschwistern, einem Bruder und einer Schwester. Nur der Knecht Joseph durfte für das Gesinde gratulieren.

Der Hochzeitstermin rückte in die Ferne, denn der nun neunzehnjährige Bräutigam hatte noch nicht gedient, seinen Wehrdienst nicht abgeleistet. Und wer nicht gedient hatte, bekam keine Heiratserlaubnis im Königreich Bayern. So rückte Karl 1902 für zwei Jahre in die Bamberger Kaserne der Ulanen.

»Konnte denn der Bürgermeister nicht dafür sorgen, dass du vom Wehrdienst freigestellt wurdest?«, fragte ich erstaunt.

»So weit hat der Arm eines Dorfbürgermeisters nicht gereicht. Vielleicht, wenn er Oberbürgermeister von Würzburg und vom Adel gewesen wär'.«

Karl musste also in die Kaserne. Grundausbildung auf dem Kasernenhof, Exerzieren mit dem Gewehr. Ihm gefiel das nicht. »Da hab' ich mich nei die Kantina gemeld!« Ein Rekrut mit Kochkenntnissen war gefragt. Karl hatte daheim schon immer mit Leidenschaft gekocht, seiner Mutter alles abgeschaut, rohe Kartoffelklöße geformt, auch halbseidene, und die Schweinsschulter rösch gebraten. So wurde er Hilfskoch und Einkäufer, den die Metzgerin als Großkunden mit Dreingaben an Schinken und Bratwürsten bei Laune hielt. Der Wehrdienst wurde zum Mastdienst. Zehn Kilo Gewichtszunahme pro Dienstjahr! Als die Marie mit ihrer Schwester am Bahnhof stand, um den Ausgemusterten abzuholen, und er aus dem Zug stieg, traute sie ihren Augen nicht. »Der Dicke werd's doch net sin!«, rief sie. Aber er war's.

Die Hochzeit wurde nun doch zum Dorffest, auch wenn das Kind der Sünde, ein zierliches Mädchen von eineinhalb Jahren vorweg marschierte und Blümchen streute. Vor der Kirchtüre hielt der Bräutigam inne. »Da hab' i' mei' Marie nein Arm zwickt und g'sacht: ›Jetzt hab' i' di'!‹«

In stolzer Erinnerung an diesen Moment, schwieg Karl eine Weile und schaute mit feuchten Augen zurück in eine goldene Vergangenheit.

Was er denn dann getrieben habe, als des Bürgermeisters Schwiegersohn, fragte ich, um den Erzählfluss wieder in Gang zu bringen. Doch nicht »Gochsheimer Kümmerli« angebaut?

»Gott bewahre! Ich hab' doch was gelernt in die Kantina.« Karl wurde Wirt. Die Wirtschaft hatte der Schwiegervater für ihn gepachtet. Die Klöß', der Schweinebraten, die blauen Zipfel und der Bocksbeutel, das Geschäft lief und der Wirt war gefragt, bis zur Polizeistunde und darüber hinaus. Die Marie hatte sich längst ins Bett gelegt und wartete auf ihren Karl. Als er endlich kam, schlief sie tief und fest. Wie sollte das Kind der Sünde da jemals Geschwister kriegen?

Das Schicksal hatte ein Einsehen. Der Bürgermeister starb früh am Schlagfluss und seine Witwe folgte ihm alsbald nach, denn sie wollte ihn im Jenseits wiedersehen.

So wurde aus der Marie eine Goldmarie. Die Erben, Marie und ihre beiden Geschwister, verkauften das Rittergut und teilten sich den Erlös redlich.

Maries Anteil reichte zwar nicht für ein neues Rittergut, aber doch für einen stattlichen Bauernhof in Marktbreit. Aus dem Gurkenbäuerle wurde ein stolzer Großbauer, der seinen Schnurrbart wachsen ließ und an den Enden zwirbelte.

Karl war zufrieden, ja, er fühlte sich im Glück, zumal er mittlerweile drei Kinder väterlich behütete und die Marie meistens wach blieb, bis er zu ihr kam.

Auch der Erste Weltkrieg beunruhigte ihn nicht. Das bayerische Heer verzichtete auf seine Kampfkraft. Schießen hatte er in der »Kantina« eh nicht gelernt.

Die Marie jedoch vermisste das Herrschaftliche. Eine Bäuerin wollte sie nicht sein. Das ließ ihr Stolz nicht zu. Karl hatte Verständnis für diese Not. Sie musste nicht in den Stall, ja nicht einmal in die Küche. Dazu gab es einen Melkmeister und Mägde, ja sogar eine Wirtschafterin, die den Haushalt organisierte und ein Kindermädchen für den Stammhalter und die beiden Prinzessinnen. Die Marie lief fein gekleidet durchs Haus und gab an, was zu tun war.

Das ganze Dorf zerriss sich das Maul über diese Hoffart. Aber Karl sagte: »Lass sie reden!« Er war stolz auf seine Herrin, eine Dame, keine Bäuerin, und so etwas hatte er erobert. Dafür lohnte es sich, dass er hart arbeitete, dass er selbst anpackte, kräftiger als all seine Knechte.

So hätte es weitergehen können, auch in der Republik mit

ihren vielen Regierungen, wenn nicht sein Sohn, der Jonathan, und der Grundstücksmakler Rosenzweig seine Marie rebellisch gemacht hätten.

Der Jonathan war früh zeugungslustig, wie sein Vater, aber leider nicht mit einer Bürgermeisterstochter, sondern mit der nächstbesten Magd auf dem Hof seiner Eltern. Eine Heirat kam nicht in Frage, sagte die Marie, »nicht mit dieser hergelaufenen, schamlosen Person«. Der muss sofort gekündigt werden, befahl die Marie. Das Dorf jedoch ergriff Partei für die Magd. Man rief der Marie Schimpfworte hinterher. Es wurde ungemütlich im Dorf.

Dann kam dieser Rosenzweig und witterte seine Chance, die stolze Marie, die keine Bäuerin sein wollte und die feindliche Stimmung im Dorf. Er hatte einen Gutshof an der Hand, einen stattlichen Hof mit schlossartigem Herrenhaus. Den sollte er verkaufen, weil der derzeitige Eigentümer, ein Fabrikant, Geld brauchte, der Hof aber nur Geld fraß, aber keines abwarf. Ein Liebhaber war für dieses Objekt schwer zu finden. So umgarnte er die Marie und ließ nicht mehr locker. Er führte sie in das Herrenhaus und flötete, dies sei der Rahmen, der zu einer so schönen und eleganten Dame passe.

Ja, sagte die Marie, aber die Finanzen, die Finanzen reichen nicht.

Da war der Rosenzweig in seinem Element. Er zauberte Zahlen aufs Papier, und alle Rechnungen gingen auf. Den Marktbreiter Bauernhof wollte er so günstig verkaufen, dass mit dem Erlös zwei Drittel des Kaufpreises für den Gutshof zu finanzieren seien. Für das restliche Drittel könne er ein zinsgünstiges Darlehen vermitteln. Das, so meinte er, sei aus den Überschüssen des Gutes leicht zu bedienen.

»Ich hatte Angst vor so viel Schulden, aber die Marie und der Jonathan schalten mich kleinkariert und schleppten mich zum Notar. So wurden die Marie und ich Gutsherren.«

Wieder stockte der Karl in seiner Erzählung und träumte vor sich hin, sah sich wohl nochmals im Glanz des geborgten Überflusses, schüttelte dann aber den Kopf, als verstehe er das alles heute nicht mehr, als gehöre es nicht zu ihm.

»Verrückt war's schon«, murmelte er schließlich. »Der Bub hat den Führerschein gemacht und ist mit'm Mercedes die Gutsallee nunnergebraust, und die Marie und ich sind mit'm Vierspänner ausg'fahr'n.

Aber da gab's den Kiebler, den Federfuchser, der hat Buch g'führt. Vielleicht hat er auch was ab'zweigt für sich. Jedenfalls kam er und hat g'jammert. ›Es reicht net, es reicht net! Mir könnet den Zins net zahle und die Amortisation auch net.‹

Wir hatten viel zu viel Personal übernommen. Überall standen se rum, die Laffen, und grinsten und hielten die Hand auf und wollten ihr'n Lohn. Die Ernte war schlecht, mieses Wetter, Kälte, Regen. Das Saatgut blieben wir schuldig, um der Bank einen Brocken hinwerfen zu können, damit sie still hielt. Immer ein Loch auf und das andere zu. Aber der Kiebler jammerte, so geht's net weiter!

Und dann noch das Pech mit meiner Anna, der Ältesten. Eine gute Partie, dacht' ich. Ziegeleibesitzer aus Thüringen, immer fesch, bestes Kammgarn am Leib, Seidenkrawatten! Kaum war das Hochzeitsfest vorbei – das hat mir wieder eine Stange Geld gekost – kam er angekrochen. Geld braucht er für dringende Reparaturen in sei'm Betrieb. Er hat schon so viel Hypotheken auf dem Schuppen. Mehr gibt die Bank nicht, es sei denn, er bringt einen wohlhabenden Bürgen. Bürgen, das könnt' ich doch, mit dem Gutshof im Kreuz. Null Risiko! Es geht um armselige fünfzig Riesen. Die Anna winselt auch. Und die Marie meint, wir können uns da net lumpen lassen. Also hab' ich unterschrieben. Und weg waren die fünfzig Riesen. Pleite hat er g'macht, der feine Schwiegersohn. Die Bank wollt' die fünfzig Riesen von mir. Die Bank, die Bank, die Bank, die wurden immer patziger. Nicht mehr: ›Meine Verehrung, Herr Weidinger‹ und ›Küss' die Hand, gnädige Frau‹. Nein, letzte Frist drei Wochen! Entweder du zahlst oder das Gut wird versteigert!

Das war 1931. Die Wirtschaft lief schlecht. Die Arbeitslosen standen auf den Straßen. Die Nazis und die Kommunisten prügelten sich.

Reichspräsident war der greise Feldmarschall Hindenburg. Den hab' ich verehrt. Der stand da wie ein Denkmal, ein Denkmal aus der guten alten Zeit, wo es noch einen Kaiser gab und Recht und Ordnung. Der Hindenburg, der hatte auch einen Gutshof. Der musste Verständnis haben, dass ich Landwirt bleiben wollte, dass ich an meinen Feldern und Wäldern hing wie an meiner Marie. Dem Hindenburg schrieb ich einen Brief. Das heißt, die Marie schrieb ihn, weil sie bessere Noten hatte in der Schule, weil sie besser war in der Rechtschreibung. Aber ich sagte ihr, was sie schreiben sollte. Irgendeiner aus seinem Büro schrieb nach einem Monat zurück, das sei eine Rechtsangelegenheit, in die sich der Reichspräsident nicht einmischen könne.

Die Marie ging noch zum Rosenzweig. ›Sie müssen uns helfen, Sie haben uns doch das Gut angedreht!‹ Aber der hat sie nur verspottet. Mit ihrem Gurkenbäuerle soll sie wieder nach Gochsheim gehen, sagte er.

Die Bank ließ den Hof versteigern. Uns blieb nur ein Teil der Möbel, Jugendstil, wie es hieß. Die wollte der Ersteigerer nicht.

Sie werden lachen, mir war's leicht ums Herz, als ich den großen Hof nicht mehr am Hals hatte, als ich den Kiebler, den Federfuchser, nicht mehr sah mit seiner schiefen Visage und seinem Zahlengejammer. Gesungen hab' ich auf dem Weg zum Bahnhof:

> Oh du lieber Augustin,
> alles ist hin!
> Geld ist weg,
> August aber liegt
> nicht im Dreck.

›Kindskopf‹, hat die Marie gezetert. ›Du wirst nie g'scheit!‹ Aber sie war g'scheit, die Marie. Sie hat die Idee g'habt, was wir jetzt machen. Eine große Wohnung ham wir gemietet, wo die Gutsmöbel neigepasst ham. Zwei Zimmer konnten wir vermieten. Kost und Logis. An Medizinstudentinnen. Die hatten Geld und zahlten gut wegen der Jugendstilmöbel und wegen der guten Kost. Ich hab' gekocht wie in der Kantina. Frisches Gemüse, Salat und Kümmerli wuchsen in meim Schrebergarten. Spätestens um sieben in der Früh war ich dort, hab' gehackt, gegraben, gerupft und gegossen. Gesungen und gepfiffen hab' ich wie die Vögel auf dem Apfelbaum im Nachbargrundstück. Die großen Salatköpf', die roten Tomaten am Strauch, die Stangenbohnen in Reih und Glied, ich hab' meine Freud' d'ran g'habt.

Marie, hab' i' g'sacht, du brauchst net arbeit'n. Du bist kei'

Bäuerin und kei' Hausfrau. Geh' a weng nei in die Stadt, setz' dich ins Café, ess a süßes Stückla und schau', wie die feinen Leut' spazieren gehn. Ich mach's scho' daheim.

Ich war der Gärtner und der Koch, und putzt hab' ich die Wohnung auch, den Parkettboden gewienert, dass es geglänzt hat wie im Rittergut. Zeit blieb, wenn die Marie im Café war, für an gemütlichen Schwatz mit der einen oder andern Studentin. Proper waren die, stattliche junge Damen, und g'scheit oberdrein.

Viel Geld hatten wir nicht. Aber es ging um. Ich hab' auch dazuverdient. Immer im Herbst ham se mich g'holt in die Zuckerfabrik nach Ochsenfurt zum Rübenschätzen. Die Bauern liefern ihre Zuckerrüben an, die sind noch dreckig. Boden klebt d'ran, viel oder wenig, je nach dem Wetter, und wie halt der Boden ist. Die Ladung Rüben wird gewogen und dann gibt's einen Abzug für den Dreck. Den hab' ich geschätzt. Da hatt' ich einen Blick dafür. Ich war anerkannter Sachverständiger. Die Bauern ham mir vertraut und die Fabrikler auch.«

Karl richtete sich auf, war wieder jemand, hob sein Glas, um mir zuzuprosten. Das Glas war leer. Ich bestellte ihm ein viertes. Er ließ es sich gefallen.

»Was wurde denn aus deinem Sohn, dem Jonathan?«, schaltete ich mich ein.

»Der Jonathan ging zu den Nazis, 1932, noch vor der Machtergreifung. Ein alter Kämpfer war er damit und 1933 fein heraus. Man gab ihm einen Posten beim Reichsnährstand.

Ich sollte auch ein Braunhemd anziehen, meinte er. Dann wär' was Besseres d'rin als Zuckerrübendreck. Aber den Hitler konnt' ich nicht leiden. Nichts Solides! Schon die Frisur! Die schwarzen Haar' schräg ins Gesicht gepappt. Wer kämmt sich schon so! Der Schnurrbart viel zu kurz, und dann die stechenden Augen und das Gebrüll, immer das Gebrüll! Hinter dem österreichischen Schlawiner wollt' ich nicht dreinmarschier'n. Net a mal kochen hätt' ich für den mög'n! Für's Vermieten, für mein Schrebergarten und für's Zuckerrübenschätzen hab' i' kei' Parteibuch braucht!«

Jetzt machte der Karl längere Pausen, sprach dem vierten Glas zu, stand schließlich auf und ging mit unsicher schlürfendem Schritt hinaus, um sich zu erleichtern. Als er wieder die Eckbank erreicht hatte, fragte ich ihn, wie es ihm denn im letzten Krieg gegangen sei.

Bis zum März 45 gut, meinte er. Immer genug zu essen, aus dem Schrebergarten und von den Bauern, die ihre Rüben schätzen ließen. Dann kam dieser grauenvolle Bombenangriff. Würzburg ein Flammenmeer, eine Geisterstadt! Ausgegraben hat man sie aus dem Keller ihres Wohnhauses, den Karl und seine Marie. Die Marie hat geheult, er aber hat das Lied vom Augustin gepfiffen und gesagt: »Freu dich, Marie, dass wir am Leben sind, wir beide zusammen!«

Zwei Zimmerle dann in Ochsenfurt im Dachgeschoss und ein paar billige Sperrholzmöbel anstelle des Jugendstils.

Einen Schrebergarten gab es auch dort, und die Zuckerrübenfabrik war näher gerückt. Karl kochte nur noch für sich und seine Marie, aber dies mit Sorgfalt und Liebe. Marie saß im Lehnstuhl, häkelte, legte Patience und las die Zeitung.

Fragte ich Karl, wie er sich jetzt fühle, sagte er: »Prima.« Nur, dass die Marie vor ihm gestorben sei, das könne er schwer ertragen. Wen soll er jetzt versorgen? Im Altersheim ist er gut aufgehoben. Die Schwestern sind nett zu ihm. Immer noch pflanzt er Salat und Gemüse im Schrebergarten und bringt die Ernte der Küchenschwester. Dafür steckt sie ihm Leckerbissen zu, wie die Metztgerin, die er bei den Bamberger Ulanen besucht hatte.

Es ist Mitternacht. Ich bin müde, möchte ins Bett. Aber wie soll Karl in sein Altersheim kommen? Allein kann man ihn nicht mehr gehen lassen. Vier Viertele waren zu viel für ihn. Die Bedienung beruhigt mich. Ich soll ruhig ins Bett gehen. Sie werde sich um den Karl kümmern. Entweder nehme sie ihn in ihrem Auto mit oder er übernachte in der Wirtschaft. Es seien genug Betten frei.

So nahm ich Abschied von dem munteren Alten, umarmte ihn, während er mich seinen schwäbischen Freund nannte.

Halb im Schlaf glaubte ich später die Sirenen eines Polizeiautos oder eines Notarztwagens zu hören. Auch drangen Stimmen an mein Ohr und das Poltern schwerer Schuhe. Ich zog die Bettdecke höher, drehte mich auf die Seite und schlief weiter.

Am Morgen empfing mich die Bedienung zum Frühstück mit einer Miene, die jede verbindliche Freundlichkeit verscheuchte. »Unser Karl«, sagte sie, »unser Karl ist tot. Ich wollte ihm aufhelfen und versuchen, mit ihm zum Auto zu gehen. Aber er kippte vornüber, lag mit Kopf und Oberkörper auf der Tischplatte und rührte sich nicht mehr. Ich hab' sofort den Notarzt angefordert. Der konnte nur noch den Tod feststellen. »Herzschlag«, sagte er.

In Gedanken machte ich mir Vorwürfe. Vielleicht war es die ungewohnte Weinmenge, die den Herzschlag auslöste. Ich hätte ihm nicht so viel spendieren sollen. Aber dann kam mir die Gewissheit, dass dieses Ende stimmig war, glücklich, wie er immer sein konnte, von Unglück zu Unglück.

# Weitere Bücher von Dietrich Bächler:

## Engelsbotschaft
Erzählungen

Am liebsten hält Onkel Heinrich euphorische Reden auf den Führer und die Bereinigung der Volksgemeinschaft. Er träumt von germanischem Heldentum. Doch der Tod holt ihn im Treppenhaus ab, als er ein Marmeladenglas aus dem Keller holen will – denn der Führer hatte dummerweise seine Frau samt ihrer hausfraulichen Pflichten evakuieren lassen.
Das Leben ist ein Irrtum – so könnte Dietrich Bächlers Erzählband untertitelt werden. Skurril, ideenreich und voller Humor gestaltet er seine vier Geschichten.
112 S., Paperback, € 12.90, ISBN: 3-86520-139-3

## Reden wir nicht über Philipp
Zwiegespräche

Punkt 16 Uhr haben die Eheleute Paula und Michael Gantner Tag für Tag eine verbindliche Verabredung: Sie treffen sich für eine Stunde zu ihren Teegesprächen. Von 17 bis 19 Uhr darf Michael dann an seinen Schreibtisch. Auf diese genaue Tagesstruktur hatte seine Frau bestanden, damit ihnen nicht die restlichen Tage ihres schon fortgeschrittenen Lebens unter den Fingern zerrinnen würden. So sitzen sie jeden Tag um den kleinen runden Teetisch aus Kirschholz, die silberne Teekanne in der Mitte und die Teeschalen aus dünnem Porzellan vor sich. In dieser einen Stunde verlassen sie dann aber Raum und Zeit. Sie öffnen sich ihren Erinnerungen, dem anderen und der Welt. Umso erstaunlicher ist es, dass ein Thema explizit ausgelassen werden soll: Philipp – der rebellische Sohn, zu dem es ihnen nie gelungen war, eine Beziehung aufzubauen und zu dem der Kontakt letztlich ganz verloren ging. Doch genau dieser schleicht sich immer wieder in ihre Gespräche ein und wird dabei das erste Mal von den eigenen Eltern erkannt und in Freiheit entlassen.

ISBN: 978-3-86520-240-6, 104 S., Paperback, € 10.90

## Ruhestand
Roman

Der Eintritt in den Ruhestand stellt Bankdirektor August Friedrich Geldern vor Probleme. Seine Frau, Elisabeth Luise, wird rebellisch. Mit dem sehnlich erwarteten Enkel David umzugehen, muss er erst mühsam lernen. Ausflüge in den Seniorensport scheitern an Hundegebell und mangelndem Teamgeist. Klaus Peter, der Schwiegersohn, ärgert ihn mit kunstsinniger Lebensfremdheit, und die von ihm vermittelte Beschäftigung im Museum führt in geheimnisvolle Tiefen. Im Skulpturendepot treibt ein unbekannter Pinsel-Attentäter sein Unwesen. Dort begegnet August Geldern auch dem Tod, von dem er glaubt, dass er dem alten Menschen die Würde zurückgibt. Mit feinem Humor und viel psychologischem Gespür zeichnet der Autor den für alle Beteiligten heiklen Übergang nach: vom lebhaften Arbeitsalltag in den neuen Lebensabschnitt des Ruheständlers.

ISBN: 3-86520-070-2, 124 S., Paperback, € 12.90

## Scheidungskinder
Quirins Erzählung

»Mit dem Papa ist das so eine Sache. Er wohnt nicht mehr bei uns.« Der kleine Quirin kann nicht verstehen, warum sich seine Eltern nicht mehr gern haben. Und dann auch noch diese neue Frau vom Papa, die unbedingt mit ihm und dem Andy befreundet sein will. Ihrem Sohn, dem Steppke, streicht der Papa viel zu liebevoll über die Haare. Die Mama kommt auf einmal mit so einem Ludwig daher – ihrem »Kollegen«. Mit großem Einfühlungsvermögen für alle Parteien schildert Dietrich Bächler, was heute viele Familien betrifft: eine Scheidung. Doch was für die Gesellschaft längst zum Alltag gehört, bedeutet für die involvierten Kinder immer noch den Weltuntergang. Eines dieser ungezählten Kinder lässt Bächler nun zu Wort kommen, und erweitert so die Diskussion über das Thema um einen wichtigen Blickwinkel. Ein Blickwinkel, der deutlich macht, wie wütend und hilflos ein Kind dem Auseinanderdriften seiner Familie gegenübersteht, wie viel Versöhnlichkeit und Verständnis man ihm jedoch zutrauen kann, wenn man ihm Zeit gibt.

ISBN: 978-3-86520-348-9, 80 S., Paperback, € 9.90